KB071213

고양이가 그랬어

행복은
빈 상자 속에
있다고

한 그루의 나무가 모여 푸른 숲을 이루듯이
청림의 책들은 삶을 풍요롭게 합니다.

삶이 지루해지면 떠나요
뉴욕 고양이 산책

뉴요커 길냥이가 가르쳐준
느릿느릿 일상 낭만

고양이가 그랬어
행복은
빈 상자 속에
있다고

글·사진 하루

"따뜻한 햇살,
작은 쿠키 상자,
그리고 잠깐의 낮잠.

우리들의 인생은
아름다워."

청림Life

좋은 일이 생길 거야,
고양이가 있으니까

"고양이."

뉴욕에서 산 지 일 년이 다 되어 갔을 때, 그동안의 뉴욕 생활에 대한 소감을 남편에게 물었다. 그러자 남편은 한 치의 망설임도 없이 단호하게 이 세 음절을 내뱉었다(정확히 말하자면, 영어로 "Cat." 단 한 음절이었지만 한국어 못지않게 강렬했다). 잠들지 않는 도시, 세계 경제의 중심지 등 화려한 수식어가 넘치고도 남는 뉴욕에서 일 년 동안 살아본 소감이 생뚱맞게 '고양이'라니. 도저히 연결고리라곤 찾아볼 수 없을 것 같은 한마디에 나는 격하게 공감하며 연신 고개를 끄덕였다. 정말이었다. 우리의 일 년간의 뉴욕 생활을 고양이보다 더 잘 설명해줄 단어는 없어 보였다.

일 년 전, 이곳에 처음 도착했을 때는 이미 매서운 겨울이 시작되려던 참이었다. 한 해의 대미, 크리스마스를 맞이하며 거리는 한껏 들떠

있었지만 살 집을 찾고 은행과 보험 등 서류 정리를 하느라 거리의 흥을 즐길 새도 없이 분주했다. 어느 정도 사는 모양새가 잡히자 나를 기다리고 있던 건 지독히도 추운 겨울이었다. 뉴욕에 오기 전, 일 년 내내 여름인 싱가포르에서 살았던 탓일까? 잠시만 밖에 서 있어도 온몸이 꽁꽁 얼어버릴 것만 같은 매서운 추위에 나는 좀처럼 적응하지 못했다. 바깥 풍경은 또 왜 이리 황량한지. 앙상한 나뭇가지와 회색 건물이 난무할 뿐, 생기 하나 없는 도시 풍경에 내 마음도 꽁꽁 얼어버렸다. '그렇게 고대하던 뉴욕에 드디어 오게 됐는데 이게 뭐람. 하필이면 메마른 겨울에 와서….'라며 애써 위로해봤지만 그건 부질없는 핑계였다.

원인은 뉴욕이 아니라 나 자신이었다. 나는 당시 무척 지쳐 있었다. 새로운 나라, 새로운 문화, 새로운 사람들…. 생각만 해도 신나고 설레던 그 '새로움'들이 이제는 즐거움이 아닌 피로감으로 느껴지던 그때, 한국을 떠나 여러 나라를 돌아다니며 생활한 지 딱 12년이 되는 해였다. 해외 이곳저곳에서 살 수 있다며 누군가는 부러워했지만, 언뜻 화려해 보이는 이방인의 삶은 겉으로 보이는 것만큼 녹록지 않았다. 어딘가에 소속되지 않고 정처 없이 떠돌아다닌다는 것. 그건 상상 이상으로 고독했다. 새로운 사람들을 사귀고 마음을 붙일라치면 금세 이곳을 떠날 날이 찾아왔다. 그리고 지난 12년간 몇 번이고 반복되었던 이

패턴에 나는 신물이 나 있었다. 언젠가는 떠날 곳. 혼자 그렇게 단정 지어버리고 마음을 반쯤 닫은 채 나의 뉴욕 생활은 시작됐다.

　아는 사람 하나 없는 이곳에서 헛헛한 마음을 달래고자 정처 없이 거리를 떠돌아다니는 날이 잦아졌다. 화려한 도시 속에서 즐길 거리는 수없이 많았지만, 찰나의 즐거움도 금세 쓸쓸함으로 바뀌기 일쑤였다. 뉴욕에 대한 설렘마저 희미하게 바래고 있을 즈음, 그때였다. 내 눈을 사로잡은 생명체를 맞닥뜨린 것이. 음료수를 사러 우연히 들른 델리(우리나라로 치면 편의점과 같은 곳. 음료수나 간식 또는 간단한 생활용품을 진열해놓고 샌드위치나 토스트 같은 간단한 먹거리를 직접 만들어 팔기도 한다. 뉴욕의 골목마다 하나씩 있다고 해도 과언이 아니다)에서 나는 이후 나의 뉴욕 생활에 지대한 영향을 미칠 존재를 영접했다. 온몸을 뒤덮는 고운 하얀 털, 요염한 꼬리, 새초롬한 입술, 어딘가 모르게 심드렁한 눈빛. 바로 고양이였다. 붐비는 가게 안은 관심도 없다는 듯 선반 위에서 쿨쿨 낮잠을 자는 고양이가 어쩌나 사랑스럽던지. 단박에 마음을 빼앗긴 나는 한참 동안 고양이 옆에서 떠날 줄을 몰랐다. 그리고 며칠 후, 우연히 들른 다른 델리에서 또 다른 고양이를 마주쳤다. 이번엔 새까만 고양이였다. 이 녀석은 겁이 많은지 가까이 다가가자 재빨리 줄행랑을 쳐버렸다. 델리에서 연달아 고양이를 만나다니, 이런 행운이!

그런데, 이건 과연 우연이었을까? 문득 궁금증이 고개를 들었다. 호기심을 참지 못하고 조심스레 주인아저씨에게 여쭤봤다. 아저씨는 아주 흥미로운 정보를 하나 알려줬다. 바로 뉴욕에 있는 대부분의 델리에서 쥐를 쫓아내기 위해 고양이를 한 마리씩 기르고 있다는 것. 그리고 이 고양이들은 '보데가 캣*Bodega Cat*'으로 불리며 뉴욕을 대표하는 상징 같은 존재라는 것이었다. 보데가 캣. 생소하기 그지없는 이름에 눈이 번쩍 뜨였다. 뉴욕 어디에서나 볼 수 있는 평범한 델리에 이 사랑스러운 생명체가 한 마리씩 숨어 있다니! 나의 호기심이 간질간질 발동하는 순간이었다.

그 후 나는 틈만 나면 거리로 나가 눈에 보이는 델리란 델리는 다 들어가보기 시작했다. 일명 고양이 탐색 작전. 분명 수많은 델리에 고양이가 살고 있다는데, 녀석들은 좀처럼 얼굴을 보여주지 않았다. 대부분 창고에서 낮잠을 자고 있거나 바깥으로 마실을 나갔거나. 간식거리를 들고 가서 유혹을 해봤지만, 번번이 허탕을 치기 일쑤였다. 그렇게 몇 번을 찾아간 끝에 마침내 고양이를 발견했을 때의 기쁨이란! 꼭 동굴 깊숙이 숨어 있는 보물을 손에 넣은 것 같은 짜릿함이었다. 그 짜릿함을 몇 번 맛본 후로 고양이에 대한 집착은 커져만 갔다. 틈만 나면 인터넷을 뒤지며 고양이가 있는 델리를 찾아봤고, 주변 상점에 대뜸 들어가 고양이가 있는 델리를 아느냐고 물어보는 대범함까지 발휘했다. 한 동네에서 고양이를 찾으면 다음 동네로, 또 다음 동네로…. 그렇게 나는 고양이 탐색 작전의 영역을 넓혀갔다.

주말엔 남편도 고양이 탐색 작전에 투입되었다. 아직 뉴욕 관광도 제대로 못 했는데, 영문도 모른 채 나를 따라 고양이를 찾아 나서게 된 것이었다. 싫은 눈치는 아니었다. 오히려 고양이가 아니었다면 언제 이런 곳까지 오겠냐며 뉴욕 구석구석을 찾아다니는 여정을 즐기고 있었다. 그건 나도 마찬가지였다. 시작은 고양이였지만 점차 고양이를 찾는 과정에 더 재미를 붙이기 시작했다. 중심지만큼 화려하진 않아도, 이곳 사람들의 생활이 그대로 묻어 있는 골목골목을 누비는 재미가 쏠쏠했다.

그중에서도 델리의 주인들과 이야기를 나누는 즐거움이 가장 컸다. 무뚝뚝해 보이는 주인아저씨들도 고양이를 찾으러 왔다고 하면 환하게 밝아지는 얼굴을 숨기지 못했다. 창고에서 자는 고양이를 꺼내주기도 하고, 사진을 잘 찍을 수 있도록 간식으로 유인해주며 나의 고양이 탐색 작전을 도와주었다. 고양이 이야기로 시작해 뉴욕 생활은 물론이고, 자신들에 대해 서슴없이 이야기를 주고받기도 했다. 손님도 아닐뿐더러 고작 고양이 한 마리를 찾아온 나에게 주인아저씨들은 언제나

넘치는 친절과 미소를 나눠주었다. 대부분 다른 나라에서 건너온 이민자들이기 때문일까? 어찌 보면 이곳에서 이방인인 그들의 이야기를 들으면서 나는 남들은 이해하지 못할 동지애를 느꼈다. 그러면서 마음속 깊이 자리 잡고 있던 외로움을 위로받았다. 그즈음이었던 것 같다. 꽁꽁 얼어 있던 내 마음이 조금씩 녹기 시작하던 때가.

기나긴 겨울이 끝나고 따스한 봄을 맞이한 뉴욕은 더 이상 생경한 곳이 아니었다. 그 누구보다도 골목 구석구석까지 잘 알고 있었고, 거리를 지나다 인사를 하며 안부를 나누는 사람들도 하나둘 생겨났다. 알록달록 색을 더해가는 거리의 풍경만큼 내 마음속에도 생기가 돌기 시작했다. 비단 계절의 변화 때문만은 아니었다. 고양이라는 연결고리로 나눈 정. 그 덕이 컸을 거라고 나는 짐작해본다.

고양이 탐색 작전은 거기서 끝이 아니었다. 한 델리의 주인아저씨로부터 고양이 구조 단체에 대해 알게 되었고, 그 인연을 시작으로 우리는 구조된 새끼 고양이를 임시 보호하는 '포스터*Foster*'로 지정되었다. 생후 일주일도 채 되지 않은 꼬물거리는 고양이들이 처음 우리 집에 왔을 때가 아직도 생생하게 기억난다. 내 주먹보다 훨씬 작은 생명체를 도대체 어떻게 돌봐야 할지를 몰라 옆에서 안절부절하며 밤을 지새웠다. 벌써 열댓 마리가 훌쩍 넘는 새끼 고양이들이 우리 집을 거쳐

간 지금, 우리는 이제 자칭 새끼 고양이 전문가가 되었다. 젖병으로 수유하기, 배변 훈련하기, 아플 때 응급조치 등등 수많은 새끼 고양이들이 작은 생명체에서 어엿한 청소년이 되어 우리 집을 떠날 때까지 돌보며 큰 기쁨과 보람을 느꼈다(지금 이 글을 쓰는 순간에도 돌보고 있는 고양이가 내 무릎에 앉아 골골송을 부르며 낮잠을 자고 있다. 하루 중 가장 행복한 순간이다).

이쯤 되니 남편이 우리의 뉴욕 생활을 고양이로 요약한 것도 무리가 아니다. 고양이로 인해 이곳에 마음을 열기 시작했고, 고양이를 통해 이곳 생활의 즐거움을 얻었다. 이런 나의 엉뚱하지만, 행복한 '뉴욕의 고양이' 경험을 조금이나마 다른 사람들과 나누고 싶다는 생각이 들었다. 나의 뜨거웠던(?) 고양이 탐색 작전을 조금 더 멋지게 마무리하고 싶은 바람도 있었다.

그래서 뉴욕 곳곳을 돌아다니며 마주친 고양이, 그리고 주인아저씨에게 들었던 고양이의 이야기를 사진과 함께 엮어보았다. 얼핏 보면 다 비슷한 고양이처럼 보여도 잘 살펴보면 개성도 사연도 제각각이다. 그렇지만 공통점도 있다. 모두 델리의 주인을 집사로 삼고 행복하게 살고 있다는 것. 분명 모두 쥐 사냥의 임무를 맡고 델리에 살게 되었을 텐데, 여태껏 만난 고양이들은 하나같이 쥐 사냥은커녕, 주인아저씨를

집사로 부리며 기세등등하게 살아가고 있었다. 그런 모습에 주인아저씨들은 불평을 털어놓았지만 누구 하나 싫은 내색을 하지 않았다. 아니, 고양이 이야기를 할 때만큼은 그 누구보다 행복한 표정이었다. 비록 맡겨진 임무는 거들떠보지 않더라도 그 존재만으로도 행복 바이러스를 퍼뜨리는 원천. 내가 전하고 싶은 것은 바로 뉴욕의 고양이, '보데가 캣'의 이야기다. 거대한 대도시 뉴욕, 그 안에서도 델리라는 독특한 주거환경에서 살아가고 있는 고양이들의 이야기를 읽으며 내가 그랬듯 독자들에게도 그 행복 바이러스가 고스란히 전해지기를 바라본다.

뉴욕에서 고양이들과 함께
하루

CONTENTS

★ ★ ★ 2. *Brooklyn & Queens*_브루클린 & 퀸즈

1.

Manhattan

|맨해튼|

이름 : 마시멜로
주거 지역 : 어퍼이스트사이드의 델리
나이 : 다섯 살
좋아하는 것 : 쥐 소리 감청하기

Marshmallow
from Upper East Side

인생은 아름다워,
우리가 고양이라면

"마시멜로 있어요?"

한 꼬마가 델리의 주인아저씨에게 묻는 걸 들었다. 간식거리를 사러 왔구나 싶었는데, 주인아저씨는 이내 가게 구석으로 들어가더니 그야말로 거대한 마시멜로 한 마리(?)를 데리고 나왔다. 아저씨의 팔에는 오동통하게 살이 오른 하얀 고양이가 들려 있었다. 마시멜로라는 이름이 그야말로 찰떡같이 잘 어울리는 고양이였다.

"내가 먹던 음식을 하나둘씩 주다 보니 이렇게 거대한 몸집이 돼버렸어."

주인아저씨가 밥을 먹을 때마다 자꾸 불쌍한 표정으로 쳐다보는 탓에 먹던 걸 조금씩 떼어주던 게 화근이었다. 그게 버릇이 된 탓에 이제 고양이 사료는 거들떠보지도 않는단다. 다이어트를 시켜야 하는데 그 불쌍한 표정에 마음이 약해져 자꾸 자기가 먹던 음식을 주게 된다며 아저씨는 자포자기한 표정을 지었다. 무뚝뚝해 보이는 주인아저씨도 고양이 앞에선 뭐든 다 바치는 집사의 신세로 전락해버린 듯했다.

"어휴, 자꾸만 살이 쪄서 걱정이라니까. 움직이기라도 하면 좀 나을 텐데 말이야."

온종일 하는 일이라곤 먹거나 가게 구석에서 멀뚱히 누워 있는 거라며 아저씨는 한숨을 내쉬었다. 유별난 식탐뿐 아니라 운동 부족도 마시멜로의 거대한 몸집에 한몫한 듯했다. 그나마 가장 즐기는 활동은 가게 구석에서 벌레나 쥐가 지나가는 소리를 쫓는 것. 그마저도 소리만 쫓을 뿐, 정작 사냥은 하지도 않는단다. 나도 운동이라면 숨쉬기 운동이 제일인데, 보아하니 나랑 닮은 구석이 있군.

정신을 차려 보니 마시멜로는 어느새 가게 구석에 몸을 숨긴 뒤였다. 정말로 구석 모퉁이를 빤히 바라보며 벌레 소리를 듣느라 온 정신

맛있는 걸 나눠주는
집사를 거느리며 먹고 자고,
가끔 벌레 소리를 감상하고.
갑자기 마시멜로의 태평한 인생이
부럽게 느껴졌다.

고양이의 삶을 부러워하는 내가 싫지만,
그래도 어쩔 수 없나 봐.
다음 생에는 고양이로 태어나고 싶어.

이 팔려 있었다. 다시 봐도 하얗고 펑퍼짐한 뒷모습이 영락없이 거대한 마시멜로 같다. 아저씨는 둥그런 몸집을 못마땅해하는 것 같지만 고양이 탐사 작전을 수행 중인 나로선 그저 사랑스럽기만 하다. 맛있는 걸 나눠주는 집사를 거느리며 먹고 자고, 그러다 가끔 벌레 소리를 감상하고. 갑자기 마시멜로의 태평한 인생이 부럽게 느껴졌다.

나도 한때는 한량의 삶을 꿈꾸며 살았는데…. 인간으로 태어난 이상, 그것도 금수저가 아닌 평범한 집안의 출신인 나에게 한량의 삶은 말 그대로 그림의 떡이다. 안 그래도 뉴욕 생활에 적응한다고 정신없이 바둥바둥 살고 있을 때라 부러움은 배가 되었다. 게다가 살이 찌면 찌는 대로 귀엽기까지 하니 뭔가 억울한 기분마저 들었다. 인간세계에서 마시멜로처럼 산다면? 아무 일도 하지 않고 퍼질러 있어도, 원 없이 먹으며 살이 찔 대로 쪄도, 아무도 질타를 하지 않고 오히려 그 모습을 사랑스러워한다면 얼마나 더 많은 사람이 행복해질 수 있을까? 이 순간만큼은 마시멜로가 진심으로 부러웠다. 에잇, 아무리 그래도 고양이에게 질투라니. 괜히 멋쩍어진 나는 마시멜로의 태평한 뒷모습을 뒤로하고 조용히 가게를 빠져나왔다.

이름 : 오레오
주거 지역 : 어퍼웨스트사이드의 아파트
나이 : 추정 불가
좋아하는 것 : 장바구니를 든 사람

Oreo ☆
from Upper West Side

잠깐, 빠르게 걷지 말고
사진 한 장 찍자

주택가가 늘어서 있는 어퍼웨스트사이드의 한적한 골목을 걷다 발걸음을 멈췄다. 어디서 나타났는지 고양이 한 마리가 나를 물끄러미 바라보고 있었다. 앙다물고 있는 입과 위로 삐죽 올라간 눈은 살짝 심술이 난 듯했다. 호기심에 조심히 다가가자 꼭 내가 영역을 침해라도 했다는 듯 안 그래도 심술이 난 얼굴이 더 험악해졌다. 눈을 흘기며 나를 쳐다보는 그 얼굴이 왜 그리도 귀여운지. 분명 수상한 인간(=나)을 경계하며 여길 당장 떠나라고 무언의 메시지를 보내고 있는 듯했지만 내가 그렇게 호락호락할쏘냐. 그 귀여운 얼굴을 그냥 지나칠 수 없지. 아랑곳하지 않고 연신 사진을 찍고 있으니 아저씨 한 명이 나에게 인사를 건넸다.

"이름은 오레오야. 검은 무늬가 꼭 정말 오레오 같지 않아? 난 이 아파트 관리인인데, 여기서 나랑 같이 살고 있어."

이 골목 아파트에 사는 고양이였다니. 어쩐지, 여기가 자기구역이라는 듯 당당하게 앉아 있는 모습이 심상치 않더라니. 주변을 살펴 보니 아파트 벽면에는 '버릇없는 고양이 한 마리가 살고 있습니다'라는 푯말이 붙어 있었다. '버릇없는 고양이'라는 별명이 심술 맞은 얼굴과 퍽 잘 어울렸다.

"얼마나 버르장머리가 없는지 몰라. 지하에 침대며 캣타워며 잔뜩 사줬는데 고마운 줄도 몰라. 사료는 입에 대지도 않고 맨날 고급 간식만 찾는다니깐."

쥐를 잡으라고 들여놨더니 쥐 사냥에는 관심도 없고 오히려 아저씨가 오레오를 받드는 신세가 되었단다. 게다가 오레오는 자신이 문 앞을 지키는 경비원이라고 착각하는 것 같다고 했다. 아파트 문 앞에 앉아 사람들을 감시하며 하루를 보낸다고. 정말 오레오는 경비원 역할을 자처하고 있었다. 낯선 사람이 오면 험악한 표정을 지으며 경계했고 주민들이 아파트로 돌아오면 쪼르륵 달려가 문이라도 열어줄 것처럼 환영했다. 특히 장을 본 보따리를 든 사람이 다가오면 오레오는 더 없이 반가워했다.

OREO FROM UPPER WEST SIDE

"누가 장이라도 보고 오면 귀신같이 알아챈다니깐. 콩고물이라
도 하나 떨어질까 봐 졸졸 쫓아다니지."

누가 미국에서 사는 고양이가 아니랄까 봐 경비원 역할뿐 아니라 손
수 팁(?)까지 챙기고 있었다. 그런 오레오를 예뻐하는 주민들 덕에 간
식이 떨어질 때가 없단다. 그러니 사료 따위가 성에 찰 리가 있나. '버
릇없는 고양이'란 푯말이 괜히 벽에 붙은 게 아니었나 보다. 하긴 나라
도 이런 고양이가 매일 아파트 앞에서 반겨준다면 맛있는 간식을 아낌
없이 내줄 것이다. 귀여운 모습에 쉽사리 지나치지 못하고 매번 사진
을 잔뜩 찍을 게 뻔하니 팁도 두둑히 줄 것이다. 버릇이 좀 없으면 뭐
어떤가. 그만큼 주민들에게 즐거움을 선사한다면야!

버릇 없는 고양이 오레오는
마치 자신이 문 앞을 지키는 경비원이라고 착각하는 것 같다.
그래, 너라면 이곳 뉴욕을 지킬 수 있을지도 몰라.

OREO FROM UPPER WEST SIDE

이름 : 로즈버드
주거 지역 : 링컨스퀘어의 세탁소
나이 : 세 살
좋아하는 것 : 체중 재기

☆
Rosebud
from Lincoln Square

실수해도
괜찮아

링컨스퀘어의 한 세탁소에서 마주친 로즈버드는 이미 동네에서 유명한 스타 고양이다. 책과 잡지에 몇 번 실린 적도 있어서 로즈버드를 보기 위해 일부러 멀리서 이 세탁소를 찾는 사람도 있을 정도니까. 그 인기몰이의 가장 큰 원인은 바로 유난히 고운 외모다. 구석진 골목 가게에서는 쉽게 볼 수 없는 품종 묘인 데다 또렷한 삼색 무늬, 거기에 꼭인형처럼 오목조목한 얼굴을 하고 있어 사람들의 이목을 끌기에 충분했다. 좀처럼 쉽게 눈을 맞춰주지 않는 도도함까지 갖추어 사람들의애간장을 태우기까지. 어쩌면 스타 기질을 타고났는지도 모른다.

"오래전부터 고양이를 키우고 싶어서 한 마리 데려왔지."

3년 전, 주인아저씨는 운 좋게 지인에게서 예쁜 새끼 고양이 한 마리를 입양했다. 새끼 때부터 심상치 않은 외모를 자랑하며 미묘의 싹이 보였다고 했다. 예감이 적중한 듯 멋진 미모를 뽐내며 잘 자라주었다고 아저씨는 기특해했다.

"하루는 누가 2,500달러를 줄 테니 고양이를 달라고 하지 뭐야."

이런 황당한 제안도 받아봤다며 아저씨는 어이없어 했지만, 내심 그런 로즈버드의 인기가 싫지만은 않은 눈치였다. 워낙 털이 많이 빠져서 세탁소 손님들이 싫어하지 않을까 걱정했었는데 그건 기우에 불과했다. 오히려 로즈버드를 보기 위해 일부러 멀리까지 와주는 단골손님들이 생길 정도였다. 소문을 듣고 온 새로운 손님들도 속속 나타났다. 덕분에 매출이 배가 됐다며 아저씨는 로즈버드를 자랑스러워했다.

그런 아저씨의 고마움에 보답이라도 하는 걸까? 요즘 로즈버드는 외모 가꾸기에 한창이란다. 가장 집착하고 있는 건 체중관리. 인기를 유지하기 위해서는 매끈한 몸매가 필수라고 생각하는 모양이다. 빨랫감을 재는 저울 위에 올라가 매일 체중을 확인하는 게 일과라고. 물론 이건 아저씨의 재밌는 상상이다. 그렇지만 실제로 오랫동안 4킬로그램의 적정 체중을 꾸준히 유지하고 있다니 정말로 외모에 공을 들이는 걸지도 모른다. 아니면 공주병에라도 빠진 걸까?

공주병이란 단어가 머릿속을 스치자 문득 나의 철없던 중학교 시절

얼마나 더 예뻐지려고
그렇게 관리를 하는 거니?

ROSEBUD FROM LINCOLN SQUARE

이 떠올랐다. 당시에 찍었던 사진만 봐도 손발이 오그라드는 내 인생 암흑의 시기. 만약 컴퓨터를 포맷하듯 기억을 날려버릴 수 있다면 가차 없이 바로 삭제 버튼을 눌러버릴 그런 시절이다. 여드름투성이인 얼굴에서 도대체 무엇이 예쁘다고 느꼈는지 몰라도 나는 나 자신에게 흠뻑 빠져 매일같이 외모를 가꾸는 데 여념이 없었다. 매일같이 옷장 속 옷을 다 헤집고 나 홀로 패션쇼를 열거나 하루에도 몇 번이고 거울을 확인하며 치장하거나. 사진 속 나를 보고 있자니, 난해한 패션에 교정기를 낀 어색한 미소 그리고 요상한 각도로 얼굴을 돌리는 포즈까지 한마디로 총체적 난국이다. 도대체 어떻게 그런 모습으로 공주병에 빠졌는지 지금도 알 길이 없다. 같은 공주병이라도 로즈버드는 귀엽기라도 하지. 그래도 다들 지우고 싶은 어린 시절 모습이 하나쯤은 있지 않겠냐며 낯부끄러운 마음을 위로해본다.

공주병 고양이.
하지만 사랑해주지 않고는
내가 도저히 힘들어서 안 되겠어.

ROSEBUD FROM LINCOLN SQUARE

ROSEBUD FROM LINCOLN SQUARE

　매력적인 외모에 애간장을 녹이는 성격, 그리고 체중 관리를 하는 철저함까지. 로즈버드는 그야말로 타고난 스타일이 분명했다. 이제 나는 세탁을 할 일이 생기면 어김없이 로즈버드의 가게를 찾는다. 나도 로즈버드의 매력에 푹 빠져버렸나 보다. 혹시나 얼굴을 내비쳐주진 않을까 하는 기대 반 설렘 반으로 가게를 향하고 있으니 말이다.

이름 : 시샤
주거 지역 : 헬스키친의 델리
나이 : 여섯 살
좋아하는 것 : 연어 간식

Shisha ☆
from Hell's Kitchen

아무것도 바라지 않아.
곁에만 있어 주면 돼

간식거리를 계산하려는데 주인아저씨가 자꾸 계산대 뒤로 고개를 돌려 자기 발밑을 내려다본다. 꼭 누구에게 혼을 내듯 '쯧!' 소리를 내며. 벌레라도 지나갔나 싶어 궁금해하던 차에 아저씨가 멋쩍은 듯이 먼저 말문을 열었다.

"고양이가 자꾸 밥을 안 먹고 누우려고 하잖아. 아침도 얼마 안
먹었거든."

혼쭐이 나고 있던 건 다름 아닌 헬스키친의 델리에 사는 고양이, 시샤였다. 고양이라는 말에 내 얼굴에 화색이 돌자 아저씨는 내가 볼 수

SHISHA FROM HELL'S KITCHEN

있도록 시샤를 계산대 밖으로 밀어냈다. 밥 먹을 땐 개도 안 건드린다던데…. 식사 중에 괜히 귀찮게 한 건 아닌지 미안해졌다. 그런데 시샤는 아저씨의 손짓에도 계산대 뒤에서 꿈쩍도 하지 않았다.

"요즘 사람들이 무서운지, 자꾸 계산대 뒤에 숨으려고 해."

요즘 입맛도 통 없어 보인다며 아저씨는 한숨을 푹 쉬었다. 몇 달 전 질병을 크게 앓은 후로 비실비실하더니 가장 좋아하던 연어 간식마저 거들떠보지 않는단다. 이곳에서 지낸 지 벌써 6년이나 됐다는 시샤는 원래 먹성 좋고 활발한 고양이였다. 어렸을 땐 워낙 활동적이어서 밖으로 나가 새나 쥐를 잡아 오기도 했지만, 나이가 들면서 실내에 있는 시간이 많아졌다고. 그마저도 아픈 후부터는 사람들을 피해 계산대 뒤에 숨기 시작했다. 질병으로 얼마나 고생을 했을지를 생각하니 마음이 짠해졌다.

혹시 몰라 열심히 이름을 부르자 시샤가 얼굴을 쏙 내밀며 나왔다. 속사정을 듣고 보니 왠지 얼굴이 수척해 보였다. 멀찌감치 서서 자신의 사진을 찍고 있는 나 때문에 신경이 쓰였나 보다. 귀를 양옆으로 눕히며 기분이 언짢다는 표시를 한다. 내가 옆에서 어지간히 귀찮게 했나 보다. 하긴, 나도 며칠을 앓고 나면 기운이 없어서 만사가 짜증이 나고 싫더라. 고양이라고 별반 다를 게 없다. 카메라는 얼른 가방에 넣어두고 간식거리를 마저 계산했다. 얼른 건강해졌으면 좋겠다고 하자 아저씨가 고맙다며 웃어 보였다.

"그럼. 빨리 나아야지. 이 녀석이 힘이 없으니 가게 생활도 재미가 없어."

아저씨는 애써 웃었지만 얼굴에는 근심이 가득했다. 나도 임시로 돌보고 있던 고양이가 갑자기 밥을 먹지 않아 고생한 적이 있다. 식음을 전폐하다 혹여나 돌연 저세상으로 떠나는 건 아닐까 무섭기까지 했다. 다행히 얼마 지나지 않아 다시 밥을 찾긴 했지만, 그 며칠 동안은 안절부절못하며 내내 마음을 졸였다. 몇 주 돌보던 고양이도 그리 걱정이 되는데, 6년이나 같이 지내온 아저씨는 얼마나 마음고생이 심할까. 정성 지극한 아저씨를 위해서라도 시샤가 얼른 기운을 차리길. 다음엔 좋아한다는 연어 간식을 잔뜩 가져올게.

"시샤."
이름을 부르자 얼굴을 쏙 내밀며 나왔다.
우리 천천히 친해지자.

이름 : 라이오넬
주거 지역 : 타임스퀘어의 기차 모형 가게
나이 : 열네 살로 추정
좋아하는 것 : 연어 캔

Lionel
from Times Square

그래도
속마음은 그렇지 않아

화려한 타임스퀘어를 뒤로하고 구석진 골목에 있는 한 가게로 향했다. 지하의 비좁은 가게 안에는 자동차부터 지하철, 증기기관차까지 이루 셀 수 없을 만큼 수많은 장난감 모형들이 빼곡했다. 꼭 공상만화 속에 들어온 것 같은 가게 안에서 고양이 한 마리, 라이오넬을 발견했다.

"멋있다!"

라이오넬을 처음 본 순간 탄성이 절로 나왔다. 날렵한 얼굴과 길쭉한 몸 그리고 날카로운 눈빛. 고양이답지 않은 카리스마였다. 노란털 사이로 슬쩍 비치는 무늬가 꼭 아프리카에나 있을 법한 치타의 늠름한 모습을 닮았다. 만약 내가 암고양이였다면 당장 라이오넬에게 구애를 했을 것이다. 하다못해 멀리서 짝사랑이라도 했을 것 같다.

주인아저씨에게 입양돼 이곳에서 지내기 시작한 지 벌써 10년째. 라이오넬이란 이름은 아저씨가 가장 좋아하는 가수, 라이오넬 리치 *Lionel Richie*의 이름에서 따왔다고 한다. 어렸을 땐 좁은 가게 안을 이리 저리 뛰어다닐 만큼 혈기왕성한 고양이였다는데, 열네 살이 된 지금 은 대부분의 시간을 계산대에서 보내고 있단다. 실제로 내가 아저씨 와 수다를 떠는 내내 계산대 위에서 가게 문만 빤히 쳐다보고 있을 뿐 이었다.

"지금껏 만난 가게 고양이들은 다 토실토실하던데, 늘씬한 몸매가 참 멋져요!"

상기된 얼굴로 말하니 아저씨가 내심 뿌듯한 표정을 지었다.

"물론이지! 내가 식단에 얼마나 신경을 쓰는데. 일부러 고급 재 료만 엄선해서 엄격하게 양을 조절하고 있다고."

그 덕분에 라이오넬은 아직까지 병치레 한 번 없이 건강하게 잘 지 내고 있다고 했다. 대신 고양이치고는 너무 '철저한' 식단을 고집하는 바람에 항상 먹을 것을 탐내고 다닌다고. 계산대 위에 항상 앉아 있는 것도 사실은 그 때문이란다. 단골손님들이 종종 간식거리를 들고 오 는 덕분에 그 손님들을 목이 빠져라 기다리는 것이란다. 세상에, 그런

두 눈을 볼 때마다 궁금해진다.
지금 무슨 생각을 하고 있을까?
사실 온통 먹을 생각만
가득할지도.

거였어? 카리스마 가득한 눈빛을 뿜내던 건 사실 간식을 탐내고 있던 거라니. 뭐랄까, 바람 빠진 풍선처럼 허탈한 기분이 들었다. 카리스마는 무슨, 온통 먹을 생각만 가득한 먹보 고양이였잖아! 실망한 기력이 역력한 나를 보고 주인아저씨가 조언을 건넸다.

"다음에 올 땐 간식거리를 챙겨와 봐. 엄청 좋아할 거야.
참, 기왕이면 연어로 준비해줘. 영양가가 많은 게 좋거든."

그렇게 나의 짝사랑은 보기 좋게 끝이 났다. 조금 허탈했지만 내 발걸음은 금세 근처 반려동물 용품숍으로 향했다.
'질 좋은 고급 연어 캔이 있어야 할 텐데….'

LIONEL FROM TIMES

이름 : 릭과 랙
주거 지역 : 가먼트 디스트릭트의 리본 가게
나이 : 각각 열한 살
좋아하는 것 : 리본 냄새 맡기

Ric & Rac
from Garment District

너와 나는
우주에서 유일한 존재

시끌벅적한 타임스퀘어 바로 아래, 원단 가게가 나란히 줄지어 있는 가먼트 디스트릭트*Garment District*로 향했다. 패션에 관심이 있는 친구가 이 동네에 있는 한 리본 가게에서 고양이를 봤다며 귀띔해줬기 때문이다. 부푼 기대를 안고 가게 문을 열었을 때, 나도 모르게 '헉!' 소리가 나왔다.

'설마 저게 고양이…?'

가게 문 앞에서 나를 기다리고 있던 건 내 몸통만큼이나 거대한 고양이 한 마리였다. 만약 옷을 산다면 XL, 아니 XXL나 돼야 겨우 맞을 것 같다. 거대한 몸집, 거기에 어딘가 언짢은 듯한 눈빛까지. 잘못 건드렸다간 한 대 때릴 기세다. 선뜻 다가가질 못하고 머뭇거리는 사이, 고위는 릭, 아래는 랙.
복사, 붙여넣기 한 것처럼 똑같이 보이지만
분명 다른 점이 있어. 잘 봐.

양이는 육중한 몸을 이끌고 가게 안으로 유유히 사라졌다.

고양이를 따라서 가게 안으로 들어가려는데 계산대 옆에서 '야옹~'
하고 고양이가 나를 부른다. 아니, 분명 안으로 들어가는 걸 봤는데, 계
산대에서 나오다니! 설마 순간이동? 그 거대한 몸집으로? 놀란 눈으
로 바라보니 가게 직원이 피식 웃으며 말했다.

"애는 형이에요. 고양이 형제 두 마리가 살거든요."

릭과 랙으로 불리는 두 고양이 형제는 이미 이 지역의 유명한 인기
스타였다. 형제는 11년 전 아주 갓난아기 때 이 가게로 입양되었다.
그리고 리본 가게에서 사는 고양이답게 유명한 리본 브랜드인 'Ric
Rac'을 따라 각각 릭과 랙으로 불리게 되었다. 얼핏 보면 '복사 & 붙
여넣기'를 한 것처럼 똑같은 얼굴이지만 나름 구별하는 방법이 있다
고 했다.

"아주 자세히 보면 릭의 눈 주변 색이 랙보다 조금 하얘요. 대신 랙
의 몸 색이 살짝 밝고요."

여기서 오래 일했다는 직원이 귀띔해줬다. 부끄럼을 많이 타는 동생
랙과는 달리 형 릭은 가게 안에서 손님들과 지내는 걸 좋아한단다. 정
말로 릭은 손님들이 조금만 관심을 보이면 곧바로 털썩 드러누워 거대

한 배를 내밀었다. 무표정한 눈빛 때문에 처음에는 만져도 되나 싶어 머뭇거렸지만 저 나름대로 쓰다듬어달라며 애교를 피우는 거였다. 랙은 몸을 사리며 멀찍이 앉아 있는 것 말고는 꼼짝도 하지 않았다. 그러다 사람이 가까이 다가오면 험악한 표정을 지으며 달아나버렸다.

이렇게 쏙 닮았는데 성격은 정반대라니…. 하긴 사람들도 성격은 제각각이니까. 대학교 때 같이 강의를 들었던 쌍둥이 친구도 그랬다. 언뜻 봐서는 구별이 안 될 정도로 쏙 닮은 외모였지만 성격만큼은 정반대였다. 한 명은 언제나 밝고 사글사글했지만 다른 한 명은 어딘가 모르게 어둡고 낯을 많이 가리는 성격이었다. 한시에 태어난 형제가 어쩌면 이렇게 다르냐며 다들 놀라워했지만, 그때마다 쌍둥이의 답은 한결같았다.

"그냥 이렇게 태어난 것뿐이야."

정답이었다. 생긴 게 똑같다고 성격도 똑같을 거라는 건 우리의 오만한 착각일 뿐. 세상의 모든 사람이 제각기 다른 기질과 개성을 가지고 있다는 걸 다시금 깨닫는 순간이었다. 아무리 쏙 닮은 쌍둥이라 해도 말이다. 고양이라고 별반 다를 게 없을 것이다. 아무튼 다음 방문을 위해 릭과 랙을 구별하는 방법을 잘

RIC & RAC FROM GARMENT DISTRICT

우린 서로 다르게,
각자의 모습으로 태어난 것뿐이야.

기억해둬야겠다. 혹시나 착각하고 동생 랙을 만졌다간 험악한 얼굴로

경계하는 그 녀석에게 혼쭐이 날지 모르니 말이다.

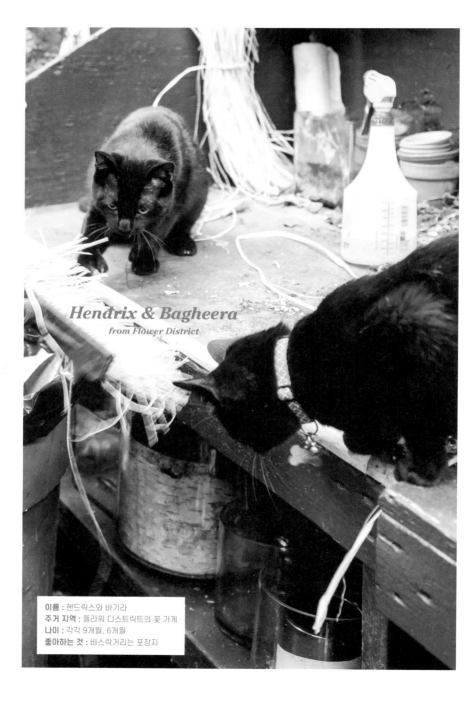

Hendrix & Bagheera
from Flower District

이름 : 헨드릭스와 바기라
주거 지역 : 플라워 디스트릭트의 꽃 가게
나이 : 각각 9개월, 6개월
좋아하는 것 : 바스락거리는 포장지

울고 싶은 날이지?
함께라면 괜찮아

화분 하나를 장만하러 맨해튼 중심가에 있는 꽃 가게 거리, 플라워 디
스트릭트*Flower District*로 향했다. 그곳의 한 꽃 가게에서 남매처럼 쏙
닮은 새까만 고양이 두 마리를 발견했다. 어찌나 새까맣던지, 초롱초
롱 반짝이는 두 눈이 아니었다면 고양이가 있는 줄도 모르고 지나칠
뻔했다.

"둘이 쏙 닮았지? 사실은 남매가 아닌데, 입양기관에 있을 때 꼭 친
남매처럼 둘이 붙어서 지냈다고 하더라고. 그래서 같이 입양해왔지."

헨드릭스와 바기라는 이곳의 직원에게 입양되었다. 그는 우연히 들
렀던 집 근처 입양기관에서 삐쩍 말라 볼품없는 몰골이 된 고양이 두
마리를 보고 도저히 그냥 지나칠 수가 없었다. 집으로 데려갈까 고민

도 했지만 종일 둘만 지내는 게 적적할 것 같아 가게에서 키우기로 했 단다. 습도가 높은 꽃 가게에 가끔 쥐가 출몰하니 혹시나 고양이들이 쥐를 잡아주진 않을까 내심 기대도 했다고 한다. 하지만 안타깝게도 쥐사냥은커녕 벌레라도 나오면 소스라치게 놀라 도망부터 간다는 헨 드릭스와 바기라. 비록 쥐는 못 쫓아도 그 대신 가게 사람들에게 행복 과 즐거움을 주는 덕분에 사랑을 독차지하는 존재들이라고 한다.

그 말을 듣고 나니 고개가 끄덕여졌다. 마감을 앞두고 바쁘게 움직 이던 가게 직원들은 헨드릭스와 바기라를 보고 그냥 지나치는 법이 없 었다. 번쩍 안아 쓰다듬으며 말을 걸거나, 포장하다 남은 끈으로 연신 사냥놀이를 하거나. 가게 통로를 이리저리 뛰어다니는 두 고양이가 걸 리적거릴 만도 한데, 모두들 그마저도 사랑스럽다는 표정으로 애정을 아끼지 않았다.

가게 사람들에게 사랑을 듬뿍 받아서일까, 헨드릭스와 바기라는 천 진난만함 그 자체였다. 수많은 화분과 상자로 가득한 꽃가게는 그야말 로 고양이들에게 최고의 놀이터가 되어주었다. 3개월 더 나이가 많은 헨드릭스는 바닥에 떨어진 나뭇가지와 포장지를 장난감 삼아 놀며 끊 임없이 움직였다. 혈기왕성한 남자아이였다. 여동생인 바기라는 아직 겁이 많은지 그런 오빠의 모습을 화분 뒤에 숨어 지켜보고 있었다. 새 초롬한 표정과 얌전한 몸가짐이 영락없는 여자아이였다. 윤기가 흐르

고양이가
쥐를 무서워하면 어때서?
지금 이대로도 충분해.

는 고운 털 덕분에 미모가 돋보였다. 불과 몇 개월 전까지 삐쩍 마른 몰골이었다는 게 상상이 되지 않을 정도였다. 그만큼 가게 사람들의 사랑을 듬뿍 받고 있다는 증거일 것이다.

구조된 고양이를 직접 돌보게 되면서 나도 그 변화를 직접 눈으로 실감할 수 있었다. 구조된 직후 꾀죄죄하고 앙상하게 뼈만 남은 아이들도 며칠만 정성스레 돌보면 놀랄 만큼 금방 생기를 띤다. 오동통하게 살이 오르고 표정도 훨씬 환해지는 과정을 지켜보다 보면 뿌듯함과 동시에 안타까움이 느껴진다. 이렇게 작은 정성만으로도 금방 활기를 찾는데…. 아직 구조되지 못한 채 험한 길거리 생활에 허덕이고 있을 고양이들을 생각하니 마음이 무겁기만 하다. 그래서 이렇게 사랑을 듬뿍 받는 고양이를 보면 흐뭇해진다. 뿌듯하고 또 감사하다.

이젠 어느 정도 익숙해져서 그런지 떨어져 노는 시간이 더 많지만, 잠을 잘 때만큼은 둘이 꼭 껴안고 있다고 했다. 힘들었던 시절, 서로 의지가 되었던 헨드릭스와 바기라는 친남매보다 더 가까운 사이일지도 모르겠다. 오래오래 그 깊은 우애를 간직하며 지내길 마음속 깊이 바라본다.

HENDRIX & BAGHEERA FROM FLOWER DISTRICT

이름 : 찰스
주거 지역 : 첼시의 델리
나이 : 추정 불가
좋아하는 것 : 캔 사료가 놓인 선반

Charles ☆
from Chelsea

참는 것을 참으면,
우린 더 자유로워질 거야

점심시간이 되자 배가 꼬르륵대며 아우성을 친다. 일정이 촉박했던 터라 샌드위치나 하나 사서 먹을 요량으로 눈에 보이는 델리로 허겁지겁 향했다. 점심시간이라 델리에는 끼니를 때우러 온 회사원들로 발 디딜 틈이 없었다. '이런, 엄청 기다리게 생겼잖아!' 내심 못마땅해하며 긴 줄에 합류하는 순간, 선반 사이로 검은 물체가 스르륵 움직이는 게 보였다. 고양이였다. 앗, 이런 뜻밖의 행운이! 뾰로통해 있던 내 얼굴이 환하게 피기 시작했다.

"찰스라고 해."

주인아저씨의 한마디에 나도 모르게 피식 웃음이 나왔다. 영국의 찰스 왕세자가 떠올랐기 때문이다. 자세히 보니 곱게 턱시도를 입고 새

하얀 장갑을 끼고 있는 모습이 제법 왕세자 같은 기품을 풍겼다. 곱상한 외모와 찰떡같이 잘 어울리는 이름이었다.

"꼭 찰스 왕세자가 생각나요."

그러자 아저씨는 먹는 것만큼은 영국 귀족 못지않다며, 좋은 사료를 엄선해서 철저하게 식단관리를 해주고 있다고 했다. 어쩐지, 윤기가 좌르르 흐르는 털이 예사롭지 않더라니.

그런 주인의 정성을 아는지 모르는지 찰스는 샌드위치를 하나씩 든 사람들 사이를 이리저리 돌아다니고 있었다. 혹여나 자신의 몫이 떨어지지 않을까 하며 목이 빠지게 기다리고 있는 눈치였다. 그런 찰스의 간절한 눈빛을 읽었는지, 손님이 샌드위치 한 조각을 주려고 하자 주인아저씨가 큰소리로 외쳤다.

"고양이에게 절대 먹을 거 주지 마요!"

청천벽력 같은 아저씨의 단호한 한마디에 찰스는 금세 시무룩해졌다. 더는 자기에게 올 몫이 없다는 걸 알고 포기한 듯 찰스는 가게 선반 위로 올라갔다. 배가 고프다고 항의라도 하듯, 하필이면 캔 사료가 쌓인 선반으로 말이다. '야옹~ 야옹~' 하고 구슬프게 울며 호소해보지만, 아저씨는 단호했다.

그 모습을 보고 있자니 어릴 적 친구가 생각났다. 무용을 하던 그 친구는 어린 나이에도 철저하게 식단을 관리했다. 정확히 말하자면 친구의 엄마가. 군것질거리는 물론이고 밥을 먹을 때에도 고열량의 반찬은 금지되었다.

친구 집에 놀러 갔을 때에도 재밌게 놀고 가라며 과일을 예쁘게 깎아주면서 친구의 몫은 쏙 빼놓곤 하셨다. 몰래 먹으라고 하나를 건네줘도 친구는 입을 꽉 다문 채 고개를 저을 뿐이었다. 나는 내심 그게 부러웠다. 비록 호랑이 같은 엄마에게 꾸지람을 들을까 봐 겁먹었을지라도 눈앞에 음식을 두고 스스로 자제할 수 있다니! 나에겐 상상도 할 수 없는 일이었다. 한창 성장기를 거치면서 닥치는 대로 먹어치우던 시절이었기에 더 그랬다.

친구는 이제 무용을 관두고 다른 길을 걷고 있지만 그 시절의 호리호리한 몸매를 아직도 유지하고 있다. 뭘 해도 꼼꼼하게 마무리하는 야무진 성격은 아마 어렸을 때부터 몸에 밴 자기 관리에서 비롯되었을 것이다. 그래도 그 어린 나이에 먹고 싶은 것도 마음껏 먹지 못하고 얼마나 힘들었을까. 지금 생각해보면 안쓰러운 마음이 앞선다. 그런데 그 마음도 몰라주고 코앞에서 간식거리를 보기 좋게 먹어치우는 먹보 친구라니…. 나도 그땐 참 철이 없었다.

먹고 싶은 것을 참는 건
고양이에겐 어려운 일이지.
맛있는 것을 먹을 때에는
다이어트, 남의 시선은 신경 쓰지 말기로.

그런데 나이를 먹는다고 해서 다 철이 드는 건 아닌가 보다. 나는 또 아무 생각 없이 먹보 친구 역할을 자처하고 있었다. 음식을 얻어먹지 못해 시무룩해 있는 찰스 옆에서 나는 샌드위치를 먹으며 능청스럽게 열심히 찰스의 사진을 찍고 있었다. 그런 내가 무척이나 거슬렸나 보다. 조금 더 가까이 다가가자, 아뿔싸! 날카로운 손톱을 세우고 내 손을 할퀴어버렸다. 배고플 땐 머슴도 함부로 건드리지 말라더니, 그건 고양이도 예외는 아니었다.

아무리 기품 있는 왕세자라도 배고플 땐 인정사정없는 것! 하긴, 약을 올리는 것도 아니고. 주지도 않을 음식을 코앞에 내밀며 귀찮게 하다니. 백번 내 잘못이 맞다. 손님을 할퀴었다며 주인아저씨에게 꾸지람을 듣는 모습을 보니 미안함은 배가 되었다. 철부지 같은 내 행동이 부끄러워 마음속으로 사과를 빌고 서둘러 가게를 빠져나왔다. 찰스야 정말 미안, 다음엔 아저씨의 허락을 받은 질 좋은 간식을 가져와 포식시켜줄게!

이름 : 무파사와 호그포지
주거 지역 : 플라워 디스트릭트의 꽃집
나이 : 각각 여섯 살
좋아하는 것 : 문 앞에서 사람 감시하기

Mufasa & Hogpodge
from Flower District

우리는 모두 서툰 존재들, 친하게 지내자

플라워 디스트릭트에는 또 다른 고양이 두 마리가 살고 있었다. 무파사와 호그포지. 바로 옆집에 있는 헨드릭스와 바기라와 같은 입양기관 출신이다.

"조그만 고양이들이 이리저리 뛰어노는 게 귀엽더군. 그래서 나도 키워볼까 하고 옆집에 부탁했지."

옆집의 고양이를 내심 부러워하던 주인아저씨는 자기도 가게에 고양이를 들이기로 했다. 고양이 입양을 도와달라며 부탁받은 옆집 직원은 헨드릭스와 바기라를 입양한 곳에서 두 마리의 고양이를 데려왔다. 그런데 주인아저씨는 고양이를 보고 깜짝 놀랐다. 옆집처럼 새끼 고양이를 기대하고 있었는데, 거대한 어른(?) 고양이가 온 것이었다. 게다

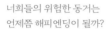

너희들의 위험한 동거는
언제쯤 해피엔딩이 될까?

MUFASA & HOGPODGE FROM FLOWER DISTRICT

가 귀여움보다는 오랜 길거리 생활로 쌓인 연륜이 느껴지는 고양이였
다. 새끼 고양이를 원한다고 말했어야 했는데, 무작정 고양이를 부탁
한 자기의 실수라며 아저씨는 머리를 긁적였다. 처음엔 내키지 않았지
만, 지금은 무파사와 호그포지, 두 고양이를 챙기는 재미에 푹 빠졌다
고 했다. 꼭 아기를 다시 키우는 기분이라나.

　"둘 성격이 극과 극이야. 호그포지는 느긋하고 무파사는 아주 촐
　싹 맞아. 하도 가게 밖으로 뛰쳐나가서 목걸이를 달아줬다니깐."

　아저씨의 말처럼 무파사는 내내 가만히 있지를 못했다. 화분 뒤로,
선반 위로 끊임없이 몸을 움직였다. 손님이 문을 열고 들어오면 그 틈
을 타 가게 밖으로 줄행랑을 치기 일쑤였다. 당황해하는 손님을 보면
서 아저씨는 포기했다는 듯이 말했다.
　"내버려둬요. 문이 열리면 알아서 다시 들어올 거예요."
　반면 호그포지는 부끄러움을 많이 타는 듯, 화분 뒤에서 좀처럼 나
오질 않았다. 그래도 사람의 손길이 좋은지, 손님들이 만져주면 기분
좋게 골골 소리를 내곤 했다. 정반대의 성격만큼 두 고양이는 서로에
게 어지간히 무신경한 듯했다. 어쩌다 눈이라도 마주치면 오히려 싸울
태세를 갖추듯 몸을 세우며 으르렁거렸다. 둘이 사이좋게 잘 지내냐고

묻자 아저씨가 고개를 절레절레 저으며 말했다.

"그게 말이지, 둘이 원수 같더라고. 서로 상종을 안 해. 도 대체 왜 둘이 같이 우리 가게에 오게 된 건지, 아직도 의문 이야. 난 그저 귀여운 새끼 고양이를 원했을 뿐인데…."

얼떨결에 어른 고양이를 떠맡게 된 아저씨, 서로 원수지간인 고양이 두 마리. 이토록 엉뚱한 조합에 나도 모르게 피식 웃음 이 나왔다. 뭐랄까, 요즘 유행하는 리얼리티 쇼를 보고 있는 기 분이랄까. 무뚝뚝한 중년 아저씨와 고양이 두 마리가 동고동락 하며 서로를 알아가는 내용. 곰곰이 생각해보니 이거 꽤 참신한 소재인데?

"둘이 사이좋게 지내는 날이 얼른 왔으면 좋겠어. 손님들 앞 에서도 으르렁거리며 싸움을 해대니 못 살겠다니깐."

뉴욕의 꽃 가게에서 벌어지는 리얼리티 쇼는 이제 갈등의 해 소를 위한 막을 달리고 있는 듯했다. 무뚝뚝했던 아저씨가 고양 이의 매력에 푹 빠지게 되는 첫 번째 에피소드가 끝나고 이제 두 고양이의 사이가 좋아지는 두 번째 에피소드의 차례. 그런 데, 벌써 몇 개월이나 같이 살았다는데, 과연 시간이 더 흐른다

MUFASA & HOGPODGE FROM FLOWER DISTRICT

고 사이가 좋아질까? 고양이는 좋으면 좋고 싫으면 끝까지 싫은, 꽤 화끈한 성격이라고 어디선가 들은 적이 있다. 그렇다고 근심 어린 표정으로 고양이를 바라보는 아저씨에게 차마 그 말을 할 수는 없었다. "금방 사이가 좋아지겠죠!"라고 긍정의 기운을 듬뿍 담아 위로를 건넬 수밖에. 대신 고양이들에게 '아저씨를 위해서라도 사이좋게 지내!'라고 무언의 눈빛을 보내며 가게를 나섰다. 계절이 한 번 더 바뀌면 다시 또 이곳을 찾아야겠다. 두 번째 에피소드의 결말이 어떻게 날지 무척이나 궁금해진다.

이름 : 샤키라
주거 지역 : 그리니치 빌리지의 델리
나이 : 약 7개월
좋아하는 것 : 세제 용품이 진열된 선반

Shakira ☆
from Greenwich Village

사랑이란
각자의 속도를 존중하는 일

'한눈에 반하다!'

이 말이 딱 맞았다. 느긋한 주말 오후, 그리니치 빌리지를 산책하다 들른 델리에 나의 마음을 빼앗은 생명체가 있었다. 문을 들어서자마자 초롱초롱한 눈으로 나를 뚫어지게 바라보던 고양이 한 마리. 이 사랑스러운 생명체에 나는 단번에 마음을 빼앗기고 말았다. 유난히 동글동글한 눈매, 뽀얀 코와 입 주변, 그리고 곧게 솟은 귀. 그야말로 '미(美)묘'였다. 뉴욕의 골목에서 수많은 고양이를 만났지만 쿨쿨 낮잠을 자거나 귀찮다는 듯 눈을 흘기는 고양이가 대부분. 이렇게 호기심 가득한 얼굴로 손님을 맞이하는 고양이는 극히 드물었다. 그 모습이 귀여워서 조심스레 다가가니 바로 휙 몸을 사리며 어디론가 숨어버렸다.

SHAKIRA FROM GREENWICH VILLAGE

"아직 여기 온 지 얼마 안 돼서 겁이 많아. 그래도 호기심
이 많아서 곧 다시 나올 테니 기다려봐."

주인아저씨가 나를 토닥였다. 이 가게에 온 지 딱 5일째라는
샤키라. 주인아저씨의 남동생이 키우던 고양이가 낳은 새끼였
다. 사실 아저씨는 고양이를 키울 생각이 없었다. 그런데 남동
생에게 사정이 생겨 새끼를 돌볼 사람이 없게 되자 얼떨결에
아저씨가 떠맡은 것이다. 처음에는 애완동물을 키워본 적이 없
어 망설였지만 가끔 출몰하는 쥐를 퇴치해주진 않을까 하는 바
람으로 키워보기로 했단다. 그렇게 의도치 않게 동고동락하는
신세가 됐지만 벌써 5일 만에 아저씨는 샤키라에게 푹 빠진 듯
했다. 같이 밤을 지새울 수 있는 동지를 드디어 찾았다며 무척
들떠 있었다.

그러던 중 샤키라가 선반 속에서 얼굴을 빼꼼히 내밀었다. 어
두운 선반 속에서 보석을 박은 듯 반짝반짝 빛나는 눈이 어찌
나 예쁘던지. 내가 쓰다듬어주려고 다가가니 샤키라는 이내 획
달아나버렸다. 아직은 낯선 사람이 무서운가 보다.

샤키라의 눈을 보면
마치 나에게 이렇게 말하는 것 같다.

"조금만 기다려줘.
 서로에게 길들여질
 시간이 필요해."

"그래도 처음 왔을 때보다는 많이 나아졌어. 이젠 나를 알아보고 졸졸 쫓아오기도 한다니깐. 손님이 오면 금세 달아나버리지만 말이야."

아저씨 말이 맞았다. 경계심이 조금 풀렸는지 빼꼼히 고개를 내보이더니 아저씨 뒤를 졸졸 쫓아다니기 시작했다. 얼마나 애교가 많은지 아저씨의 다리에 몸을 비비며 애교를 부린다. 이 사랑스러운 애교 공세를 누가 마다할 수 있을까. 허허허 웃으며 행복해하는 아저씨의 얼굴을 보니 나도 흐뭇해졌다.

아저씨가 웃는 모습에서 남편이 겹쳐 보였다. 고양이를 향한 나의 유난스러운 집착 때문에 마지못해 고양이를 집에 들이게 됐지만, 남편이 그 귀여움에 홀딱 빠지기까지 그리 오랜 시간이 걸리지 않았다. 화장실을 치우고 밥을 챙기느라 처음엔 구시렁거리며 투덜대기 바빴지만, 지금은 그 어떤 일보다도 가장 먼저 최우선으로 챙기는 게 바로 고양이 돌보기다. 회사에 있을 땐 고양이 사진을 보내달라며 재촉하질 않나, 혹여 밤늦게까지 밖에 있는 날이면 고양이가 걱정된다며 전전긍긍하질 않나. 누가 보면 꼭 집에 갓 태어난 아기라도 있는 줄 알 것이다. 늦게 배운 도둑질에 날 새는 줄 모른다고 했던가. 시작은 비록 나보다 늦었지만, 고양이에 대한 애정은 나 못지않다. 나보다 고양이를 더 챙기는 것 같아 가끔 질투도 나지만 그래도 흐뭇함이 앞선다. 고양이가 나와 남편을 행복하게 하고, 행복해하는 상대방을 보며 또다시 행복해지고. 이 얼마나 이상적인 행복의 순환인가!

　주인아저씨에게도 분명 고양이 행복 바이러스가 퍼졌을 게 분명하다. 저렇게 해맑은 웃음을 보여주니 말이다. 잠깐이었지만 나도 그 행복 바이러스에 감염돼 한참을 흐뭇하게 미소 짓다 나왔다. 한 번 빠지면 약도 없다는 이 고양이 행복 바이러스. 멀리멀리 퍼져 더 많은 사람이 행복해질 수 있기를!

언젠가는 내게도
너의 옆자리를 허락해주렴.

이름 : 시드니
주거 지역 : 그리니치 빌리지의 델리
나이 : 다섯 살로 추정
좋아하는 것 : 신라면 상자

Sydney
from Greenwich Village

마음이 고단한 날에는
부드럽고 귀여운 것이 필요해

뉴욕에서 가장 좋아하는 동네, 그리니치 빌리지를 산책 중이었다. 마른 목을 축이러 한 델리에 들어가니 바닥에 커다란 솜뭉치가 덩그러니 놓여 있는 게 보였다. 바닥에 웬 인형이? 궁금증을 참지 못하고 슬며시 다가갔다. 그런데 솜뭉치가 순간 움찔하고 움직이는 게 아닌가! 엇? 설마? 긴가민가하는 사이 솜뭉치는 고개를 빼꼼히 내밀며 정체를 밝혔다. 바로 고양이였다.

그게 시드니를 처음 본 날이었다. 세상일이 하찮다는 듯 심드렁한 얼굴로 나를 쳐다보는 시드니는 그야말로 거대한 자이언트 고양이였다. 문득 오래전 한창 유행했던 마시멜로 인형이 떠올랐다. 두리뭉실한 거대한 몸집도, 복슬복슬 하얀 털도 쏙 빼닮았다. 아, 물론 심드렁한

표정만큼은 제외다. 한때 마시멜로에 빠져 문구류를 모조리 캐릭터제품으로 샀던 시절이 있었는데 괜히 반가운 마음에 가까이 다가가 이름을 불러봤다. 그런데 그런 내가 귀찮은 것인지 아는 기척도 하질 않는다. 관심을 끌기 위해 쓰다듬어보기도 하고, 재롱도 떨며 불러봤지만 나 따윈 안중에도 없다는 듯 눈길 한번 주지 않았다.

그 후로 몇 번이고 델리를 방문했지만, 시드니는 한결같았다. 꼭 슬로모션을 찍듯, 육중한 몸집으로 느릿느릿 움직이거나 누워서 잠만 잘 뿐이었다. 장난감을 비장의 무기로 챙겨가 유인해봤지만 별 소용없었다. 허탈해하는 나를 보고 주인아저씨가 위로했다.

"상처받지 마. 4년을 같이 산 나도 흘낏 쳐다봐주는 게 전부니깐. 오냐오냐 키우면서 먹을 것도 원 없이 줬는데, 그 은혜도 모르니 아주 괘씸하지."

시드니의 거대한 몸집은 주인아저씨의 지극정성의 결실이었나 보다. 아저씨는 투덜거리면서도 혹시나 하며 시드니의 이름을 불러본다. 시드니는 그제야 고개를 쓱 들었다. 그리고 간식이 없다는 걸 알자 이내 다시 잠을 청한다.

"저것 봐. 먹을 거 없으면 오지도 않아. 무슨 공주님을 키우고 있는 것 같다니깐."

그런데 시드니가 잠을 자는 곳이 낯익었다. 바로 신라면 로고가 그려진 상자였다. 델리에서, 그것도 뉴욕 한복판에서 신라면 상자를 침대 삼아 자는 고양이라니. 생각지도 못한 엉뚱한 풍경에 피식 웃음이 나왔다. 상자 중에서도 가로로 움푹 파여 몸을 쉽게 누일 수 있는 신라면 상자를 가장 선호한다고 한다. 어, 나도 신라면을 제일 좋아하는데. 역시 라면 하면 신라면이지!

시드니와의 공통점을 찾았다는 생각에 갑자기 기분이 들떴다. 우리 둘이 뭔가 통하는 것 같아 시드니가 한층 더 가깝게 느껴졌다. 거기까지 생각이 미치자 꼭 내가 아이돌의 사생팬이 된 기분이 들었다. 상대방은 나의 존재도 모르지만 사소한 공통점을 찾은 것만으로도 온몸에 전해지던 묘한 짜릿함. 아이돌이라면 목숨을 바쳤던 철없던 중학교 시절에 수도 없이 느꼈던 감정이었다. 아니 그런데, 나 지금 뭐 하는 거지? 그때에 비해 나이를 두 배나 더 먹었는데 아직도 이런 감정을 느끼

STONEY FROM GREENWICH VILLAGE

이유 없이 힘이 빠지는 날에는
부드럽고 귀여운 것들이 필요해.
넌 나의 영원한 고양이!

SYDNEY FROM GREENWICH VILLAGE

다니. 게다가 상대는 고양이가 아닌가?혼자 어이가 없어 헛웃음이 나
왔다.

　그때였다. 아주 느린 슬로모션이 내 눈앞에 펼쳐지기 시작했다. 방
금 전까지만 해도 미동도 하지 않던 시드니가 느릿느릿 몸을 뒤척이더
니 갑자기 벌러덩 배를 내밀며 뒤집어 누웠다. 그러더니 마치 애교를
피우듯 앞발을 내밀며 내 눈을 바라보고 있었다. 설마, 나보고 쓰다듬
어 달라는 뜻? 갑작스러운 애교 공세에 당황스러워 머뭇거리고 있자
아저씨가 확인사살을 시켜줬다.

　"저렇게 배를 내밀면 만져달라는 거야. 쓰다듬어줘, 얼른!"

　흔치 않은 기회를 얼른 잡으라는 아저씨의 단호한 눈빛에 고개를 끄
덕이며 조심스레 손을 내밀었다. 복슬복슬한 털의 감촉이 손으로 전해
졌다. 여태껏 수없이 고양이를 안고 쓰다듬었지만, 이번엔 달랐다. 알
수 없는 긴장감이 온몸을 감쌌다. 꼭 화면에서만 보던 아이돌을 실제
로 만나 악수를 한 기분이랄까? 꿈에서만 느껴보던 그 전율을 십수 년
이 지난 지금, 이곳 뉴욕에서 느끼다니! 그러나 정작 시드니 본인은 그
런 내 기분은 아랑곳하지 않고 여전히 심드렁한 표정으로 내 손길을
즐기고 있을 뿐이었다. 아무리 봐도 애교를 피우기보단 "어이, 거기 너

말이야, 배 좀 만져봐."라고 명령을 내리는 것 같다. 명령이면 어떨쏘냐. 아주 능숙하게 조련을 당한 듯했지만 고양이 '사생팬'에게 그런 건 중요치 않았다. 실제로 영접했다는 사실 하나로도 얼마나 기쁘던지! 암요, 암요, 제가 온 정성을 다해 열심히 쓰다듬어드려야죠!

고양이의
푹신한 배를 보고 있으면
시간이 멈춘 것 같아.

SYDNEY FROM GREENWICH VILLAGE

이름 : 빈스
주거 지역 : 소호의 델리
나이 : 네 살
좋아하는 것 : 하굣길 아이들

Vince ☆
from Soho

힘이 들 때
널 사랑하는 사람들을 떠올리기를

맨해튼에서 가장 핫한 동네, 소호로 가는 길은 언제나 지친다. 볼거리도 많지만 그만큼 사람도 엄청나게 몰리는 곳이다. 한창 북적이는 인파에 진이 빠지던 차였다. 골목 한쪽에서 델리 하나를 발견했다. 시원한 음료라도 하나 마실 생각으로 가게 문을 열었는데 뜻밖에도 고양이 한 마리가 나를 기다리고 있었다. 지친 몸에 생기가 도는 마법 같은 순간. 아, 뉴욕의 델리는 이래서 특별하다.

쫑긋한 귀와 연둣빛 눈, 그리고 매력적인 얼굴에서 묘한 카리스마가 느껴졌다. 한쪽 눈을 덮고 있는 까만 점박이 때문일까. 피터 팬의 후크 선장이 떠올랐다. 등을 꼿꼿이 세운 당당한 풍채가 어찌나 늠름한지,

머리라도 쓰다듬었다간 혼쭐이 날 것 같았다. 머뭇거리는 나를 보고 주인아저씨가 경고했다.

"가까이 다가가는 건 괜찮지만 만지지는 마. 자칫하면 할
퀼 수도 있거든."

이름은 빈스. 언젠가 가게 근처에서 혼자 울고 있는 것을 아저씨가 발견했단다. 아저씨는 상처투성이인 새끼 고양이를 당장 가게로 데려와 돌보기 시작했다. 빈스가 고작 생후 5개월일 때의 일이다. 3년 동안 가게 안에서 생활하면서 이제는 사람에게 익숙해졌으련만, 아직도 낯선 사람이 다가오면 경계태세부터 갖춘다고 한다. 아마 어렸을 때 겪었던 길거리 생활이 녹록지 않았기 때문일 거라 짐작해본다.

그래도 지금은 많이 나아진 거라며 아저씨는 뿌듯해했다. 처음엔 손님은 물론이고 아저씨가 밥을 주러 다가가면 당장이라도 할퀼 태세로 으르렁거리기 십상이었다. 과연 가게 안에서 키울 수 있을지 고민이 많았다는데 다행히 이제는 먼저 사람을 공격하는 일은 없단다. 오히려 아주 가끔이지만, 마음에 드는

힘을 내요,
리틀 후크 선장님.
힘든 시간도,
마음도, 함께 흘러갈 거야

VINCE FROM SOHO

사람이 보이면 먼저 다가가 몸을 비비며 호감을 보이기도 한다고. 특히 방과 후 우르르 몰려오는 아이들이 마음에 들었나 보다. 가게에 오면 고양이부터 찾는 아이들을 반기며 마음껏 애교를 부린단다. 아저씨는 그런 모습이 기특하면서도 정작 자기에게는 항상 시큰둥하다며 섭섭해했다.

빈스는 작은 가게의 한가운데 앉아서 오가는 사람들을 내내 관찰하고 있었다. 그 모습을 귀여워하며 손님이 머리라도 쓰다듬으려고 하면 곧바로 험악한 표정을 지으며 구석으로 달아나버렸다. 아주 어렸을 때부터 사람들 사이에 둘러싸여 살아왔을 텐데, 아직도 사람의 손을 경계하다니. 짧은 길거리 생활에서 평생 잊지 못할 트라우마를 겪은 건 아닌지, 마음이 아파왔다. 당당한 후크 선장의 얼굴 뒤에는 아직도 겁 많은 아기 시절의 빈스가 드리워져 있었다.

예전에 잠시 임시 보호했던 고양이도 빈스와 비슷했다. 사람을 무서워해 좀처럼 다가가기 힘들었다. 같이 지내던 한 달 동안 대부분 소파 밑이나 화장실에 숨어 있는 게 전부여서 얼굴 보기가 어찌나 힘들던지. 장난감도 잔뜩 사놓고 간식으로 유인해봐도 좀처럼 마음을 내주지 않았다. 사람을 꺼리니 입양도 쉽지 않아서 결국 수많은 임시 보호 집들을 전전하며 지낼 수밖에 없었다. 다행히 우리 집에 있는 동안 좋은

가족을 만나 입양되었지만 그때까지 얼마나 마음고생을 했을지, 아직
도 그 고양이를 생각하면 마음이 짠해진다. 이제는 소식을 알 수 없지
만 아마 평생 가족을 만나 서서히 마음을 열고 행복하게 지내고 있으
리라고 짐작해본다. 아니, 꼭 그랬으면 좋겠다.

　빈스도 마찬가지다. 험악한 길거리 생활에서 무슨 일을 겪었을지 알
수 없지만, 시간이 흐르며 그 상처가 아물 수 있길 바라본다. 더는 사람
들을 무서워하지 않고 허물없이 받아들이는 날이 오기를. 그리고 다음
에 델리에 왔을 때 조금 더 거리를 좁혀 마주할 수 있기를. 아쉽지만 오
늘은 멀찍이 서서 손을 흔들어 인사를 하고 가게를 나섰다.

나도 알 것 같아.
경계하는 듯한 너의 두 눈 뒤에 숨은
두려움을….

VINCE FROM SOHO

이름 : 메기
주거 지역 : 이스트빌리지의 델리
나이 : 추정 불가
좋아하는 것 : 음료수 상자

Maggy
from East Village

행복은
빈 상자 속에 있어

복슬복슬한 밍크 목도리, 새하얀 장갑, 거기에 멋진 까만 턱시도까지.
꼭 당장이라도 레드 카펫을 밟을 것 같은 옷차림으로 나를 빤히 바라보
고 있는 고양이를 발견했다. 이스트빌리지의 구석진 골목에 있는 델리.
이런 허름한 델리에 살기엔 너무 고상한 외모잖아? 혹시 길을 잃은 건
아니겠지? 갸우뚱하는 사이 통로에서 주인아저씨가 소리친다.

"메기, 좀 비켜봐!"

여기 사는 게 맞는구나. 아니, 그런데 이름이 메기라고? 그건 여자아
이란 말인데…. 턱시도를 곱게 빼입은 모습 때문에 하마터면 남자아이
라고 착각할 뻔했다. 이렇게 예쁘장한 고양이는 오랜만에 본다고 하자
아저씨가 대뜸 말했다.

"예쁘면 뭘 해. 맨날 방해만 하는걸. 쥐 사냥은 하지
도 않는다니깐."

자꾸 통로를 막아서는 메기가 성가셨는지 주인아저
씨의 목소리에 짜증이 섞여 있었다. 여느 고양이처럼 메
기도 상자에 대한 집착이 대단했다. 상자 중에서도 가장
좋아하는 건 비닐이 붙어 있는 음료수 상자. 때마침 아
저씨가 음료수 정리를 시작하자 메기는 귀신같이 알아
채고 냉장고 쪽으로 달려갔다. 성가시다며 저리 가라는
아저씨의 호통에도 메기는 꼼짝도 하지 않는다. 음료수
정리가 끝나자 아저씨는 매정하게도 남은 상자들을 남
김없이 치워버렸다. 메기는 '야옹~' 소리를 내며 상자를
달라고 나름 호소해보지만 아저씨는 단호했다. 손님들
에게 방해가 된다는 이유였다.

한껏 멋지게 차려입고는 가게 구석에서 빈 상자만 기
다리는 신세라니. 화려한 외모와 상반되는 그 처량한 모
습이 되레 귀엽게 느껴졌다. 다부진 외모와 달리 가늘고
소심한 목소리 덕분에 귀여움은 배가 되었다. 호화스러

운 파티가 다 무슨 소용이랴. 빈 상자만 있다면 고양이에겐 그곳이 천국인 것을. 사실 나도 그렇다. 아무리 고가의 제품을 사고 멋진 곳에 간다고 해도 결국 행복은 소소하고 작은 것에서부터 시작되는 것. 고양이를 찾아다니면서 더 절실히 느꼈다. 고급 백화점에서 쇼핑하는 것보다 '고양이 탐색 작전'에서 더 큰 행복을 느끼니 말이다. 누군가에겐 부질없어 보일지 몰라도 요즘 나에겐 일상의 비타민과 같은 소확행이다. 다들 이런 소소한 행복 거리 하나쯤은 가지고 있겠지? 메기가 음료수 상자를 노리는 것처럼 말이다. 다음엔 주인아저씨 몰래 빈 상자를 가져와 놀아줘야지. 나에게 고양이의 발견이라는 소소한 행복을 나누어 주었으니 나도 메기에게 답례를 해야겠다.

"메기, 좀 비켜봐!"
주인아저씨가 쌓아놓은 상자를
지긋이 바라보던 메기.

"야옹~"

이름 : 럭키
주거 지역 : 차이나타운의 채소 가게
나이 : 추정 불가
좋아하는 것 : 주인 밥 훔쳐먹기

Lucky ☆
from Chinatown

뻔뻔함이 가끔
매력일 때가 있어

오후 5시, 장을 보러 온 사람들로 북적이는 차이나타운에서 채소 가게의 가판대에 앉아 있는 고양이가 눈에 띄었다. 다들 서로 먼저 사겠다고 실랑이를 벌이는 북새통에서도 유유자적하며 앉아 있는 모습이 인상적이었다.

그것도 잠시, 주인아주머니가 금세 팔을 휘두르며 고양이를 쫓아냈다. 안 그래도 바쁜 가게에서 구박까지 받으면 다른 곳으로 옮길 법도 한데, 고양이는 꿋꿋이 채소 가판대 위를 지키고 있었다. 세상 나 몰라, 하는 막무가내 표정으로. 몇 번을 쫓아내도 움직이지 않자 아주머니는 포기한 듯 너털웃음을 터뜨렸다.

가끔은 럭키의
밉지 않은 뻔뻔함이
부럽기도 해.

"도대체 어디서 왔는지, 언제부터 여기 있었는지 아무도 몰라."

언제부턴가 쥐도 새도 모르게 이 가게로 출근하기 시작했다는 고양이. 가판대에 앉아 사람 구경을 하거나 낮잠을 자거나. 그러다가 배가 고프면 밥을 달라고 호통을 치는 대범함까지 보였단다. 영문도 모른 채 주인아주머니는 고양이의 밥을 챙기기 시작했고 그렇게 얼떨결에 고양이와 함께 가게에서 지내기 시작했다. 고양이에게 간택을 당했으니 다른 도리가 없었다. 처음부터 한 가족이었다는 듯 뻔뻔하게 가게에 드나드는 고양이를 아주머니는 결국 가족으로 받아들였다. 그리고 행운을 뜻하는 '럭키*lucky*'라는 이름을 붙여주었다.

"기왕 같이 지내는 거 돈이라도 잔뜩 벌어다 주면 좋지. 그래서 럭키라고 지었어."

아주머니의 소망과는 달리, 럭키는 돈을 버는 데에는 전혀 관심이 없는 듯했다. 애교라도 부리며 붙임성 있게 굴면 손님들이 좋아해줄 만도 한데, 시종일관 시큰둥한 표정으로 앉아 있을 뿐이었다. 그러다 아주머니와 가게 직원이 밥이라도 먹을라치면 바로 쪼르륵 달려가 자기도 달라고 성을 내고 있으니, 오히려 밥을 축내는 식솔이었다.

그런 뻔뻔함이 오히려 귀여운 매력으로 느껴졌다. 아주머니도 그런 럭키가 밉지 않은 눈치였다. 실내가 없는 가게라 밤에는 제대로 지낼 곳이 없다며 걱정스럽게 말씀하신다. 짐작컨대 럭키는 밤에도 별 탈 없이 잘 지낼 것 같다. 이 가게에 정착하기까지 보여준 뻔뻔함을 발휘한다면 언제 어디서든 밥걱정은 안 하고 잘 살 것 같다. 소극적이고 나서길 싫어하는 나는 럭키의 그런 밉지 않은 뻔뻔함이 부러울 뿐이다. 하긴 고양이라면 뭔들! 세상에 아무리 뻔뻔해도 귀엽고 사랑스러운 것이 있다면 그건 바로 고양이가 아닐까.

LUCKY FROM CHINATOWN

이름 : 패티 구찌
주거 지역 : 월스트리트의 캠핑용품 가게
나이 : 약 아홉 살로 추정
좋아하는 것 : 신제품이 든 상자

Patti Gucci
from Financial District

그 누구보다
내가 나를 아껴줘야 해

월스트리트 근처의 골목 구석에 캠핑용품 가게가 하나 자리 잡고 있다. 금융 회사들이 밀집한 화려한 빌딩 숲 사이에 뜬금없이 캠핑용품 가게라니, 고개를 갸우뚱하며 가게로 들어섰다. 이곳에 고양이가 살고 있다는 소문을 들었기 때문이다. 고양이를 찾아 왔다는 말에 주인아저씨가 지하를 가리켰다. 조심스레 지하로 내려가보니 꼭 나를 기다리고 있었다는 듯, 새까만 고양이 한 마리가 계단 앞에 앉아 나를 지긋이 바라보고 있었다.

온통 새까만 털로 뒤덮인 얼굴에서 눈동자만 반짝반짝 빛나고 있었다. 조금 더 가까이 가서 보니 목과 배 주변에는 하얀 털이 나 있다. 온몸이 새까만 줄 알았더니 곱게 턱시도를 입고 있을 줄이야!

"세일러문의 턱시도 가면!"

빨간 장미를 입에 물고 요염함을 뽐내는 만화 속 캐릭터가 저절로 떠올랐다. 이름부터 귀티가 철철 넘치는 패티 구찌(예명은 패티). 캠핑용품보다는 꼭 럭셔리 브랜드가 더 어울릴 것 같은 외모다. 그런 외모만큼이나 성격도 도도하다고 한다.

도도하면서도 화려한 외모를 가진 패티도 뉴욕의 수많은 길고양이 중 한 마리였다. 길고양이 개체 수를 줄이기 위해 길고양이들의 중성화를 추진하고 있는 뉴욕 정부의 정책을 피해 가지 못했다. 중성화가 완료됐다는 표시로 왼쪽 귀의 모퉁이가 잘린 채 월스트리트의 골목 구석에서 황폐한 생활을 전전해야만 했다. 그러던 중, 주인아저씨에게 우연히 발견된 것이다. 패티는 아저씨가 주는 먹이를 받아 먹은 후 졸졸 쫓아다니게 되었고, 7년 전에 자연스레 가게의 일원이 되었다.

7년 동안 가게에서 먹고 자며 보금자리를 찾은 듯한 패티. 매일 분주히 드나드는 가게 손님들을 마주치지만, 사람들과는 항상 거리를 두며 도도한 태도를 지킨다고 한다.

"우리 가게의 여왕님, 퀸*Queen*이나 마찬가지야."

가끔 지하에서 쥐가 나오면 코앞에 두고도 멀뚱멀뚱 쳐다만 보고 있다며 아저씨는 패티 구찌가 천생 여왕님이라고 말한다. 이렇게 예민하고 도도한 패티가 어떻게 길거리에서 살아남았는지 모르겠단다.

패티는 7년 동안 이곳에서 살면서 길거리 생활 대신 다양한 경험을 쌓은 듯했다. 자신의 이름으로 개설된 SNS도 가지게 됐다. 거기에 쓰여 있는 프로필과 직함이 흥미롭다.

"헬로키티*Hello Kitty* 고등학교 졸업, 캣닙*Catnip* 대학교 졸업, 2011년부터 일 시작"

"고객치료사 *Customer therapist*, 구매관리와 인력관리 어시스턴트 *Assistant to buyer & HR*"

알고 보니 대학교까지 졸업한 고학력의 소유자에 무려 3가지 일을 동시에 하는 아주 바쁜 고양이였다.

방향 없이 헤매는 기분이 들 때는
그냥 나를 더 사랑해주는 수밖에 없어.

이름 : 키티
주거 지역 : 차이나타운의 채소 가게
나이 : 다섯 살로 추정
좋아하는 것 : 말린 새우

Kitty ☆
from Chinatown

인간들은 고양이들의 도도함을
배울 필요가 있어

차이나타운에 들어서는 순간, 갑자기 중국의 한 골목에 들어서기라도
한 듯 전혀 다른 이국적인 풍경이 펼쳐진다. 영어보다는 중국어가 더
눈에 띄고, 거리의 풍경이나 슈퍼마켓의 먹거리도 중국에서 보던 그것
과 쏙 닮았다. 중국 출신의 사람들로 북적북적한 거리를 걷다 보면 꼭
뉴욕을 떠나 여행을 온 듯한 기분마저 든다. 그 묘한 이질감이 좋아 나
는 종종 차이나타운을 찾는다. 오랜만에 맛있는 중국 만두를 먹을 생
각에 차이나타운으로 향한 날이었다. 해가 슬슬 지기 시작하니 장을
보러 온 사람들로 거리는 가득했다. 그런 북새통에서 손님 하나 없이
파리만 날리고 있는 한 채소 가게가 눈에 띄었다. 어쩌다 손님이 한 명
도 없을까, 안쓰러워하던 찰나에 작은 생명체 하나가 빼꼼 얼굴을 내

밀었다. 까만 턱시도를 차려입은 고양이 한 마리였다. 이런 행운이!

흥분을 가라앉히지 못한 채 고양이에게 다가가자 고양이는 주인아저씨의 다리 뒤로 잽싸게 숨어버렸다. 주인아저씨는 아쉬움을 숨기지 못하고 있는 나를 위로했다. 부끄럼을 많이 타서 외부인이 오면 줄행랑을 치기 일쑤란다. 아기 때부터 워낙 낯을 가리는 성격이었다며 주인아저씨는 어쩔 수 없다는 듯 어깨를 으쓱거렸다. 그냥 가기는 아쉬워 주인아저씨에게 고양이 이름을 물어봤다.

"키티*Kitty*?"

곰곰이 생각하더니 주인아저씨는 대뜸 새끼 고양이라는 뜻의 '키티'라는 단어를 내뱉었다. 아기 때부터 벌써 5년이나 같이 지냈다는데, 번듯한 이름 하나 없다니. 에이, 너무한다.

혹시 쥐 사냥용으로 데려다놓고 제대로 돌봐주지 않는 건 아닐까? 게다가 최근에 고양이 학대 사건의 뉴스를 본 터라 괜히 걱정되기 시작했다. 그런데 그건 기우에 불과했다. 비록 이름은 없지만, 주인아저씨와 키티는 꼭 사이좋은 아빠와 딸처럼 아주 끈끈함 유대감을 보여줬다. 키티는 아저씨 뒤꽁무니를 졸졸 쫓아다니며 한시도 곁을 떠나지 않았고 주인아저씨는 그런 키티를 흐뭇하게 바라보며 틈만 나면 쓰다듬어줬다.

키티가 나에게 인생론을 들려주었다.

"무엇이든 약간의 거리를 유지해.
그게 고양이의 방식이야."

KITTY FROM CHINATOWN

키티! 간식시간이다!
아무리 고양이어도
간식 앞에서는 도도해질 수 없나봐.

"혼자 있는 시간이 많아서 이 녀석이 없었다면 나는 종일 적적했을 거야."

주인아저씨는 애써 웃으며 말했지만, 그 얼굴에는 어딘가 모르게 쓸쓸함이 자리 잡고 있었다. 이내 주인아저씨는 고마운 마음이 들었는지 간식 통을 꺼내며 키티를 불렀다. 달그락달그락 소리가 나는 간식 통에는 놀랍게도 말린 새우가 들어 있었다. 중국 요리에 자주 쓰이는 그 말린 새우가 맞았다. 이걸 키티가 먹는지 물어보자 아저씨가 자랑스럽게 말했다.

"그럼! 얼마나 좋아하는지 몰라. 이젠 간식 통을 통째로 주면 알아서 꺼내 먹는다니깐. 내가 훈련 좀 시켰지."

아저씨 말대로 키티는 간식 통을 가져가더니 손을 넣어 간식을 하나씩 꺼내 먹기 시작했다. 다 먹은 후에는 빈 통을 아저씨에게 돌려주기까지! 지금 내가 강아지를 본 건지 고양이를 본 건지 헷갈릴 지경이었다. 고양이란 인간을 집사 취급하며 명령만 하는 줄 알았는데, 이렇게 훈련을 시킬 수 있다니! 놀란 얼굴로 쳐다보자 아저씨는 대견하다는 표정을 지으며 "봤지?"라고 되물었다. 꼭 자기 자식이 제일 예쁘다고 자랑하는 영락없는 팔불출의 모습이었다.

손님 하나 없는 적적한 가게였지만 아저씨 혼자 외로울 일은 없을 것 같다. 키티가 보여주는 애교와 묘기만으로도 가게 안에는 활기가 넘쳤다. 흐뭇한 분위기에 힘입어 기왕이면 이름도 지어주시면 어떻겠냐고 아저씨께 제안해봤다. 아저씨는 곰곰이 생각해보더니 되물었다.

"쉬림프*Shrimp*는 어때?"

어이쿠야, 아무리 말린 새우를 좋아한다지만 이름이 새우라니. 차라리 이름이 없는 편이 낫겠다. 새 이름은 잊고 그냥 귀엽게 키티라고 불러달라고 부탁했다. 나의 괜한 참견 때문에 하마터면 영특한 고양이에게 엉뚱한 이름을 붙여줄 뻔했다.

★
뉴욕의
델리

'옐로 캡, 수증기를 뿜어내는 파이프, 프레첼을 파는 노점상….'

뉴욕의 거리 하면 흔히들 떠올리는 풍경이 있다. 뉴욕에 처음 왔을 때, 사방으로 쌩쌩 달리는 옐로 캡을 보고 '내가 정말 뉴욕에 왔구나.'라며 흥분했던 적이 있다. 그 풍경은 머지않아 나의 일상이 되었다. 영화에서나 보던 옐로 캡을 타고 이동을 하거나, 길거리에서 파는 따끈한 프레첼을 사 먹으며 출출한 배를 달랬다. 거기에 빠질 수 없는 것이 하나 더 있다. 바로 델리. 이 작은 식료품점은 옐로 캡만큼 뉴요커에게 익숙한 장소다. 고픈 배를 채우려고, 야밤에 간식거리를 사려고, 바닥난 세제를 채우려고. 시시콜콜한 이유로 나는 일주일에 몇 번이고 델리를 찾는다. 아마 뉴욕에 사는 사람이라면 다 비슷할 것이다. 그래서일까? 아무리 작은 골목일지라도 어디서든 델리를 볼 수 있다. 아니, 뉴욕의 모든 골목마다 델리가 있다고 해도 과언이 아니다. 옐로 캡만큼 흔히 만나게 되는 명실상부한 뉴욕의 상징이다.

★

델리를 무어라 설명하면 좋을까. 좁은 공간에 각종 식품과 먹거리 그리고 간단한 생활용품을 파는 모양새를 보고 처음에는 우리나라의 편의점 같은 곳이라 생각했다. 골목 구석구석에 위치해 굳이 큰 대형슈퍼마켓까지 가지 않더라도 당장 필요한 것을 손쉽게 구할 수 있기 때문이다. 그런데 자세히 보면 편의점이라고 하기엔 가게마다 독특한 개성이 눈에 띈다. 델리가 있는 동네 또는 주인의 배경에 따라 델리의 외관이나 분위기도 천차만별이다. 멕시코의 각종 향신료가 코를 찌르는 곳이 있는가 하면, 온통 유대인의 코셔 제품만 파는 곳도 있었다. 주인들은 대부분 고향을 떠나 미국으로 온 이민자들이어서 그들의 다양한 영어 억양은 델리의 개성을 한층 강하게 만들어준다. 확실히 획일적인 편의점과는 거리가 멀다. 굳이 비교하자면 우리나라의 시골에서 볼 수 있는 구멍가게 같은 느낌이다. 비슷비슷해 보이지만 주인의 손길과 개성이 묻어나는 작은 가게. 그것을 대도시에 그대로 옮겨 온 듯했다.

델리는 원래 독일어, '델리카트슨*Delikatessen*'에서 유래된 말로 19세기 중순, 내전을 피해 수많은 독일 이민자들이 미국에 건너오면서 처음 자리를 잡았다. 당시에는 주로 식재료를 파는 작은 슈퍼마켓의 형태였던 것이 20세기 초 유대교 탄압을 피해 유럽에서 미국으로 대거 몰려온 유대인에 의해 점차 현지화되었다. 유대인들은 식재료 외에도 샌드위치 같은 간단한 음식을 팔기 시작하면서 지금과 비슷한 형태로 정착시켰다. 뉴욕에서 가장 유명한 델리, 벌써 100년이 넘게 운영되며 온갖 영화의 배경으로 등장한 '카츠델리*Katz's deli*'도 바로 대표적인 유대인의 델리 중 하나다. 그 후, 델리는 20세기 중후반을 걸쳐 다양한 나라에서 몰려온 이민자들에 의해 운영되었다. 레바논, 예멘과 같은 중동 또는 중국, 한국과 같은 아시아에서 온 외지인 등 수많은 이민자들

★

이 소규모 자본으로 쉽게 시작할 수 있는 델리에 손을 뻗었다. 그중에서도 그 수가 월등히 많았던 남미의 이민자들은 스페인어로 '식료품 저장소'라는 뜻인 '보데가*Bodega*'란 이름으로 델리를 부르기 시작했다. 그것이 계기가 되어 보데가는 델리를 칭하는 또 다른 이름으로 널리 쓰이게 되었다. 델리에 사는 고양이를 보데가 캣*Bodega Cat*이라고 부르는 것도 바로 이러한 배경 때문이다.

델리가 옐로 캡만큼 뉴욕의 상징으로 여겨지는 건 단순히 그 수가 많기 때문만은 아닐 것이다. 뉴욕의 현대 이민사를 반영하는 곳이자 수많은 뉴요커들의 생활을 지탱해주는 원천인 만큼 그 의미가 남다르다. 그래서 나는 지인이 뉴욕에 올 때면 꼭 델리에 가보라고 추천한다. 관광지로서의 뉴욕이 아닌 생활 속의 뉴욕을 조금이나마 맛볼 수 있는 곳이라며 말이다. 출근하는 직장인들 대열에 합류해 샌드위치로 아침밥을 때워보거나, 미국식 '불량식품'으로 심심한 입을 달래보거나, 멕시코, 유대인, 방글라데시 등 세계의 다양한 먹거리를 저렴한 가격에 맛보거나. 물론, 가게 안에서 우연히 고양이 한 마리를 만나는 기회도 놓칠 수 없다. 비록 비좁은 공간이지만 뉴욕의 상징이라는 명성에 걸맞게 델리에서 할 수 있는 경험은 무궁무진하다.

2.

Brooklyn &
Queens

| 브루클린 & 퀸즈 |

이름 : 벨리키
주거 지역 : 아스토리아의 델리
나이 : 다섯 살
좋아하는 것 : 닭 다리

Veliki ☆
from Astoria

편견 없이,
보이는 대로 느껴!

벨리키를 발견한 곳은 아스토리아의 한 골목길이었다. 벨리키는 온통 새까만 털로 뒤덮여 있어 어찌나 새까만지 밤에는 형체를 알아볼 수 정도다. 삐죽 올라간 눈꼬리를 보니 꽤 고약한 성격일 것 같다. 쉽사리 다가가질 못하고 멀찍이 서서 사진을 찍고 있는데, 한 꼬마가 "고양이!"라고 외치며 달려왔다. 덥석 고양이의 꼬리를 잡는 꼬마를 보고 혹시나 할퀴진 않을까 혼자 발만 동동 구르고 있었다. 옆에서 보고 있던 주인아저씨가 그런 내 걱정을 눈치챘나 보다.

"걱정하지 마. 사람을 해치는 일은 없어. 성격이 아주 느긋느긋하니깐."

고양이는 꼬리로 말하는 동물이란다.
그러니까 소중히 대할 줄 알아야 해.

정말이었다. 아저씨의 말대로 고양이는 아주 순했다. 아이의 거친 손을 참을성 있게 받아주는 것이 아닌가. 험상궂어 보이는 얼굴 때문에 괜한 오해를 한 것 같아 머쓱해졌다. 겉모습만 보고 바로 선입견을 품는 못된 버릇을 고양이한테까지 들이대다니.

"생긴 건 이래도 정말 착한 아이야. 이름은 벨리키라고 해."

내 마음을 읽은 듯, 아저씨는 활짝 웃으며 고양이를 소개해줬다. 벨리키와 살기 시작한 지 벌써 5년째. 아저씨에게는 원래 키우던 고양이가 한 마리 있었다. 그런데 어느 날 원인도 모른 채 급작스럽게 세상을 떠나버렸다. 상실감에 마음을 추스르지 못하고 있는데, 그 소식을 듣고 안타까워하던 손님이 주인아저씨에게 고양이 한 마리를 선물해줬다. 태어난 지 이제 막 한 주가 지난 갓난아기였다. 손수 분유를 먹이며 정성껏 키우는 동안 고양이를 잃은 슬픔도 점점 옅어졌다. 세상을 떠난 고양이도 벨리키처럼 온통 새까만 털로 뒤덮여 있었다. 외모만 닮은 게 아니라 느긋한 성격마저 똑같다며 아저씨는 혹시 키우던 고양이가 환생한 게 아닐까 가끔 상상해본다고 했다.

"신기한 건 예전 고양이도 닭고기를 좋아했거든. 벨리키도 닭 다리라면 사족을 못 쓴다니깐."

아저씨 말대로 벨리키는 정말 예전 고양이가 환생한 걸까? 예고도 없이 세상을 떠났지만, 어쩌면 자신을 사랑해주던 아저씨의 곁을 지키고 싶어 다른 고양이의 몸으로 돌아왔을지도 모른다. 아니면, 쓸쓸해하는 아저씨를 위해 자신과 똑같이 생긴 고양이를 보냈을지도 모르겠다. 그게 정말이든 아니든 아저씨는 벨리키와 함께 지내며 먼저 떠나보낸 고양이로 인한 슬픔을 치유했던 것이 분명하다. 세상을 떠난 고양이도 하늘나라에서 그런 아저씨의 모습을 지켜보며 뿌듯해하고 있을 것 같다.

아저씨는 벨리키가 자신을 위해
환생한 고양이라고 믿고 있었다.
어쩌면 정말 그럴지도 몰라.

이름 : 벨라
주거 지역 : 그린포인트의 할인판매점
나이 : 여섯 살
좋아하는 것 : 계산대 선반에 앉아 있기

Bella ☆
from Greenpoint

편히 자고
쉴 수 있는 곳이 바로 천국

나의 고양이 탐색 작전을 듣게 된 친구가 자기 동네의 가게에도 고양이 한 마리가 산다며 소개해줬다. 대부분의 물건을 99센트에 파는 도시 외곽의 가게로, 우리나라로 치면 다이소 같은 할인판매점이었다. 델리의 고양이들은 많이 봐왔지만 이런 생활용품점에서 고양이를 만나는 건 처음이었다. 어떤 고양이가 살고 있을지 설레었다. 할인판매점답게 왠지 넉살 좋은 통통한 고양이가 살고 있을 것만 같았다.

　'헉!'

　고양이를 발견하자마자 나는 놀라고 말았다. 계산대 선반에서 발견한 고양이는 내 예상과는 다르게 신비스러운 분위기를 뿜어내고 있었다. 꼭 반지의 제왕 같은 판타지 영화의 캐릭터가 머릿속에 떠올랐다.

회색과 노란색이 절묘하게 섞인 무늬에다 오렌지색과 노란색의 오드아이까지! 매혹적인 눈빛에 빠져들 것만 같았다.

할인판매점보다 보석 가게에 더 잘 어울리겠다는 생각이 절로 들었다. '벨라'라는 이름마저 고급스럽게 들렸다. 이렇게 매혹적인 고양이는 처음이라고 말하자 주인아주머니는 고개를 절레절레 흔들었다.

"눈이 예쁜 만큼 그 대가를 톡톡히 치렀어. 눈병에 걸려서 시력을 거의 잃었거든."

오묘한 오렌지색의 눈은 사실 병에 걸려 색이 변한 것이었다. 마냥 예뻐 보이던 눈에 그런 사연이 있었다니. 예쁘다고 호들갑을 떨었던 게 괜히 미안해졌다.

"눈 검사를 하느라 몇 천 불을 썼다니깐. 못살아."

주인아주머니는 중국계 출신답게 돈 이야기를 서슴없이 꺼내며 불평을 털어놓았다. 그러면서도 아주머니의 얼굴에는 벨라가 안쓰러워 어쩔 줄 몰라하는 표정이 가득했다. 비록 겉으로는 투덜거려도 아주머니가 얼마나 벨라를 지극히 생각하는지 금방 느낄 수 있었다.

오래전 처음 고양이에 관심을 가지기 시작했을 때가 생각났다. 그땐 마냥 귀여운 게 좋다는 생각에 주로 소문난 품종 묘의 사진들을 찾아 보곤 했다. 둥그런 얼굴에 귀가 반쯤 접힌 고양이, 코가 움푹 들어간 고양이 등 꼭 빚어놓은 인형 같은 고양이들을 보면서 나도 언젠가 예쁜 품종 묘를 키우고 싶다고 막연히 생각했었다. 그런데 시간이 지나면서 귀여운 품종 묘가 자연의 섭리로 만들어지는 게 아니라는 걸 알게 되었다. 수단과 방법을 가리지 않고 무조건 가치를 높이기 위해 품종 묘 교배를 고집하는 인간의 욕심에서 비롯했음을 깨닫게 된 것이다. 사랑 스러운 품종 묘가 사실은 가혹하기 그지없는 반려동물 시장의 잔인한 결과물이었다니. 그 피해를 고스란히 앉고 살아갈 고양이들을 생각하니 미안한 마음에 고개를 들 수가 없었다.

벨라를 보면서 다시금 깨달았다. 보이는 게 전부는 아니라고. 그런 사연이 있는 것도 모르고 보석 가게가 더 어울린다는 등 예쁜 외모만 보고 어리석은 생각을 한 내가 부끄러워졌다. 이렇게 잘 돌봐주는 주인이 있으니 이곳이 벨라에겐 가장 행복한 곳이지 않을까? 그런 생각이 드니 99센트 가게가 벨라에게 그 어떤 곳보다 가장 잘 어울려 보였다.

BELLA FROM GREENPOINT

우리들은
사랑 받아 마땅한 존재야.

Carmen ✩
from Williamsburg

이름 : 카르멘
주거 지역 : 윌리엄스버그의 델리
나이 : 8개월
좋아하는 것 : 빈 상자

화가 날 땐
고양이를 떠올려봐

나른한 오후였다. 해가 뉘엿뉘엿 지기 시작할 무렵, 집에 돌아가기 전에 간단히 간식거리를 사러 델리로 향했다. 차분한 바깥공기만큼이나 가게 안은 조용했다. 그곳에서 나는 요정 한 마리(?)를 만났다. 바로 새끼 고양이. 널브러진 상자 위에서 자그마한 고양이 한 마리가 곤히 잠을 자고 있었다. 보송보송한 털을 보니 아직 한 살도 채 안 됐을 것 같다. 인기척을 느꼈는지 고양이는 슬며시 눈을 떴다. 노란색과 초록색이 절묘하게 섞인 영롱한 눈. 그리고 앙다문 조그만 입. 꼭 비밀이라도 간직한 듯 신비한 청초함이 묻어나왔다.

"이름은 카르멘이야. 내가 가장 좋아하는 멕시코 이름이거든."

원래는 딸을 낳으면 지어주려고 했던 이름이라며 주인아저씨가 말

했다. 슬하에 아들만 두 명이라 안타까워하던 중, 암컷 고양이
를 얻고 주저 없이 카르멘이란 이름을 붙여줬다. 아직 한 살도
채 되지 않은 카르멘은 이웃에 사는 친척이 크리스마스 때 준
선물이었다. 혼자서 꾸려나가는 가게 생활이 매우 적적했기에
아저씨는 가족이 생긴 것처럼 기뻤다고 한다.

"심심할 틈이 없어. 애 뒤치다꺼리를 하느라."

그렇게 말하고 아저씨는 한숨을 내쉬었다. 그래, 새끼 고양이
가 손이 많이 가지. 나도 때마침 새끼 고양이를 임시로 돌봐주
고 있던 터라 아저씨의 말에 무척 공감했다. 꼭 수줍은 요정 같
은 카르멘은 청초한 외모와는 정반대로 그야말로 말썽꾸러기
였다. 이리저리 뛰어다니느라 보는 것만으로도 머리가 어지러
워졌다. 빈 상자나 봉지를 발견하면 부리나케 달려가 머리를 쑤
셔 넣기 바빴다. 가게 안에 놓여 있는 온갖 상자에 몸을 비비거
나 올라타거나. 시도 때도 없이 움직이며 보는 사람의 혼을 쏙
빼놓기 일쑤였다.
"선반에 있는 물품을 다 떨어뜨릴 때도 있다니깐. 허허."
주인아저씨는 내내 불평을 털어놓았지만, 얼굴은 활짝 웃고

있었다. 하긴, 이 요정 같은 생명체를 보고 어찌 화를 낼 수 있을까. 비록 뒤치다꺼리하는 신세가 되어버렸지만 돌볼 존재가 있다는 것만으로도 주인아저씨는 충분히 행복해 보였다. 그토록 원했다는 늦둥이 딸을 둔 기분이지 않을까?

카르멘을 보면서 친구 한 명이 떠올랐다. 누가 봐도 반할 만큼 예쁘장한 외모를 하고선 사내대장부 같은 털털함을 보여주는 친구였다. 생각 난 김에 카르멘의 사진을 그 친구에게 보내봤다. 바로 답장이 왔다.

'우와, 고양이가 정말 청순한데?'

피식 웃음이 나왔다. 그 청초한 얼굴에 속은 건 나뿐만이 아니었다.

고양이랑 있으면
하루 종일 지루할 틈이 없어.

이름 : 페드로
주거 지역 : 윌리엄스버그의 델리
나이 : 추정 불가
좋아하는 것 : 수다 엿듣기

Pedro ☆
from Williamsburg

더 많이 좋아하는 건
초라한 게 아니야

"호세야."

"아냐, 마티네즈야."

"아냐, 산차스야."

"아니라니까!"

고양이의 이름을 물어보자 손님들 사이에서 제각기 다른 이름이 나왔다. 뭐가 진짜 이름인지는 모르겠지만 일단 멕시코 계열임이 분명했다. 멕시코의 흔한 이름이기도 했지만, 멕시코의 국민 댄스음악, 바차타가 가게 안에 흥겹게 울려 퍼지고 있었기 때문이다. 흥겨운 선율에 어깨를 들썩거리며 단골 아저씨들은 대낮부터 맥주를 들이켜고 있었다. 그리고 아저씨들 사이에 고양이 한 마리가 떡 자리 잡고 있었다. 주인아저씨에 따르면 진짜 이름은 호세도, 마티네즈도, 산차스도 아닌 페드로였다.

"이름을 지어주면 뭐해, 다들 제멋대로 부르는 걸."

정말이었다. 단골 아저씨들은 또다시 고양이를 제각기 다른 이름으로 불렀다. 볼이 발갛게 달아오른 아저씨들은 페드로에게 말을 걸거나 손으로 장난치는 걸 안주 삼아 맥주를 마셨다. 아저씨들의 주정이 귀찮을 법도 한데, 페드로는 미동도 하지 않고 자리를 지키고 있었다.

"사람들을 좋아해서 그래. 손님이 없을 땐 구석에서 나오질 않거든."

특히 단골 아저씨들이 마음에 들었나 보다. 아저씨들이 모여 수다를 떨고 있으면 구석에서 나와 그 옆을 지킨다고 한다. 마치 자기도 그 수다의 멤버인 양. 그 모습을 보고 있으니 어릴 적 내 모습이 떠올랐다. 친척들이 모여 수다를 떨면 나는 꼭 한 자리를 차지하고 앉아서 어른들이 주고받는 대화를 엿듣는 걸 좋아했다. 무슨 내용인지는 잘 모르지만, 어른들의 수다에 낀다는 것만으로도 마냥 좋았다. 어린이 세계에서 어른의 세계로 건너

PEDRO FROM WILLIAMSBURG

뛴 기분이었다. 제대로 알아듣지 못해 고개만 끄덕이다 결국 누군가의 무릎을 베개 삼아 꿈나라로 향하기 일쑤였지만 말이다. 아저씨들의 수다에 한몫하겠다고 당당히 사이를 비집고 들어가 앉아 있는 페드로의 모습에서 어린 시절의 나를 발견할 수 있었다. 긴 수다를 엿듣느라 피곤했는지 바닥에 드러누운 페드로를 보며 그때의 포근했던 어른의 무릎이 생각나 나도 모르게 흐뭇한 미소가 지어졌다.

아저씨들도 그런 페드로가 마음에 들었나 보다. 얼큰하게 취한 탓에 페드로와 장난치는 손길이 거칠긴 해도 무척 예뻐해주고 있었다. 비록 아저씨들 때문에 이름이 서너 개로 늘어났지만, 페드로도 행복해 보였다. 가끔 남은 안주를 챙겨주기도 한다니, 아마 페드로는 앞으로도 오래도록 '맥주' 수다에 얼굴을 내밀지 않을까.

안녕, 넉살 좋은 페드로.
네가 있어 행복해.

이름 : 루시와 이름 없는 고양이
주거 지역 : 부쉬윅의 델리
나이 : 각각 한 달
좋아하는 것 : 멀뚱멀뚱 앉아 있기

Lucie & No name
from Bushwick

이 세상에는
행복한 이별도 있어

부쉬윅을 걷다 들른 델리 한구석에서 사료통이 하나 놓여 있는 걸 발견했다. 혹시…, 고양이? 기대에 찬 마음에 고양이가 사는지 물어보자 주인아저씨가 그건 왜 묻느냐며 눈을 흘겼다. 아차, 가게에서 동물을 키우는 게 불법이었지. 대부분의 델리에서 고양이를 키우는 게 워낙 공공연한 사실이라 가끔 그게 불법이었다는 걸 깜빡하곤 한다. 혹시나 내가 단속을 나온 사람이라고 오해할까 봐 일부러 활짝 웃어 보이며 고양이를 무척 좋아한다고 말했다. 그제야 아저씨는 굳은 얼굴을 풀고 나처럼 활짝 웃어 보였다.

"사실은 아주 귀여운 고양이들이 살고 있어. 기다려봐."

쉿,
너희가 이곳에 살고 있다는 건
비밀이야!

꼭 어린아이처럼 들뜬 아저씨는 계산대 뒤에서 솜뭉치를 꺼내왔다.
아직 보송보송한 털로 뒤덮여 있는 새끼 고양이 두 마리가 계산대 위
에 나타났다. 태어난 지 한 달도 안 된 고양이들은 사물분간이 안 되는
듯 천진난만한 얼굴로 나를 멀뚱멀뚱 쳐다봤다. 세상에 천사가 있다면
이런 모습일까? 심장을 콕 찌를 만큼 순수하고 귀여운 모습에 단번에
마음을 빼앗겨버렸다.

"난 이 삼색 고양이가 제일 마음에 들어. 그래서 루시란 예쁜 이
름을 붙여줬지."

이미 집에서 같이 산 지 15년이나 된 고양이가 있다는 아저씨의 말
을 듣고 나니 고양이에 대한 애정이 남달라 보였다. 그래서일까? 아저
씨는 몇 달 전부터 델리 근처에서 서성이는 길고양이를 그냥 지나치
지 못했다고 한다. 물론 불법이라는 것 때문에 가게 안에 들이지는 못
해도 아침저녁으로 먹이를 주며 돌봤다. 그런데 어느 날 고양이가 임
신을 한 것이었다. 델리 안에 담요를 깔아주고 보금자리를 마련해줬더
니 그에 대한 보답이라도 하듯 바로 다음 날 주먹보다 작은 새끼 네 마
리를 출산했단다. 안타깝게도 두 마리는 금방 하늘나라로 떠나버리고
지금의 두 마리만 남은 것이다.

"이 아이들을 보려고 일부러 일찍 출근한다니깐. 정말 귀엽지 않아?"

아저씨는 새끼 고양이라는 선물에 무척이나 들뜬 듯했다. 아쉽게도 엄마 고양이까지 세 마리를 델리에서 키우는 건 무리라며 곧 입양을 보내야 한단다. 잔뜩 상기되어 있던 얼굴이 금세 시무룩해졌다. 나도 새끼 고양이를 돌보기 시작하면서 비슷한 경험을 많이 했다. 갓 태어난 새끼 고양이를 정성스레 보살피다 보면 입양처로 보내야 할 시간이 어김없이 찾아왔다. 두어 달 애지중지하며 돌봐준 고양이들이 하루아침에 떠났을 때의 상실감. 그 후 며칠간은 시도 때도 없이 밀려오는 쓸쓸함과 먹먹한 마음을 떨칠 수 없었다. 태어난 순간부터 봐왔으니 아저씨의 아쉬움은 더 크겠지. 하지만 아저씨 같은 분들 덕분에 새끼 고양이들이 무사히 가족을 찾을 수 있을 것이다. 이 아이들도 떠나는 날까지 아저씨에게 사랑을 듬뿍 받으며 무럭무럭 자라겠지. 비록 떠나 보낼 때의 상실감은 크겠지만 그 고양이들이 새 가족에게 사랑을 듬뿍 받으며 행복하게 살아갈 걸 생각하면 역시 보람이 더 클 것이다. 슬픈 이별이 아니라 행복한 이별이라는 것. 나도 수차례 고양이들을 떠나보내며 배웠다.

슬픈 이별이 아니라
행복한 이별이 있다는 걸
알려주어서 고마워.

LUCIE & NO NAME
FROM

그런데 이야기를 하다 보니 루시 말고 다른 고양이는 딱히 이름이 없다는 걸 깨달았다. 왜 이름이 없냐고 묻자 당연하다는 듯 아저씨가 말했다.

"얜 남자애거든. 남자애한테 이름 같은 걸 붙여서 뭐해."

감성에 젖어 있던 것도 잠시, 갑자기 피식 웃음이 나왔다. 아저씨는 전형적인 '딸바보'였던 것이다.

이름 : 릴리
주거 지역 : 베드포드 스타이베선트의 델리
나이 : 추정 불가
좋아하는 것 : 설탕 선반

Lily ☆
from Bedford-Stuyvesant

햇살이 있다면
그리움을 견딜 수 있어

베드포드 스타이베선트 델리의 가장 구석진 곳, 설탕이 가득 쌓인 선반 아래로 발 하나가 삐죽 나와 있는 걸 발견했다. 설탕같이 뽀얀 하얀 털에 초코 젤리가 콕콕 박혀 있는 깜찍한 발이었다. 아니나다를까 선반 밑을 들여다보니 고양이 한 마리가 쿨쿨 낮잠을 자고 있었다. 얼마나 깊게 단잠을 자는지 가까이 다가가도 미동조차 없다. "안녕"이라고 인사를 건네니 그제서야 졸린 눈을 반쯤 뜬다. 그러고는 나를 보더니 갑자기 배를 보이며 벌러덩 뒤집어 눕는다. '어이, 거기 인간! 빨리 쓰다듬지 않고 뭐해!'라고 무언의 명령을 내리는 것 같다.

"또 배를 뒤집었구먼. 안 쓰다듬으면 끝까지 성을 낸다니깐."

LILY FROM BEDFORD-STUYVESANT

나는 마치 마법에 걸린 듯
너의 배를 쓰다듬고 있었어.

열심히 고양이를 쓰다듬는 나를 발견한 주인아저씨가 어이가 없다
며 고개를 절레절레 흔들었다. 이름은 릴리, 별명은 이 가게의 상전 마
마란다. 일 년 전, 주인아저씨는 쥐도 쫓아내고 한적한 가게 안의 적적
함도 달랠 겸 고양이를 한 마리 들였다. 가끔 놀아주고 예뻐해주면 될
거라고 생각했는데 안타깝게도 현실은 혹독했다. 상전 마마를 모시듯
아침부터 저녁까지 극진히 릴리를 돌보는 신세로 전락하고 만 것이다.
릴리는 첫날부터 이곳을 접수하더니 마치 자기 궁전이라도 되찾은 양
활개를 치며 살고 있다고 했다.

"다 이 학생 탓이야. 너무 오냐오냐하면서 키운다니깐."

옆에서 샌드위치를 만들고 있던 아르바이트생이 그 말에 찔린 듯 어
색하게 웃음을 지어 보였다. 상전 마마의 집사 역할을 자처하고 있는
듯한 아르바이트생은 아프리카의 서부, 모리타니에서 온 학생이었다.
일 년 전, 장학금을 받고 박사과정을 밟기 위해 뉴욕으로 건너왔단다.
뉴욕 생활은 외롭고 힘들지만 그래도 이곳에서 일하기 시작하면서 생
활비도 마련하고 좋은 사람들도 많이 만나게 됐다고 했다. 특히 가게
에서 릴리와 놀아주는 게 요즘 가장 큰 기쁨이란다. 릴리를 돌보면서
타지 생활에서 오는 외로움과 향수병을 달래고 있다고.

"집에서 오랫동안 키우던 고양이가 있었어요. 그래서 릴리를 보면 집이 생각나요."

그 말을 듣는 순간 마음이 뭉클해졌다. 가족도 친구도 두고 이 먼 곳까지 왔으니, 아는 사람 하나 없는 타지 생활이 얼마나 힘들었을까. 십 년이 넘게 모국을 떠나 이방인으로 살아가고 있는 나에게도 비슷한 시절이 있었다. 누가 보면 마냥 신나 보이는 해외 생활이지만 그 이면에는 종잡을 수 없는 고독함이 자리 잡곤 한다. 연고도 없는 곳에서 쉽게 마음을 내줄 수 있는 상대를 찾는 게 여간 어렵다는 것도 너무나 잘 알고 있다. 아르바이트생이 릴리를 특별히 예뻐하는 이유를 잘 알 수 있을 것 같았다. 나도 아는 사람 하나 없는 낯선 뉴욕에서 고양이를 돌보며 쓸쓸한 마음을 달래곤 했으니까. 마음을 붙일 상대, 나를 필요로 하는 상대. 그런 상대가 있다는 것만으로도 위로가 되는 기분이었다.

그런 아르바이트생의 애틋한 애정을 아는지 모르는지, 릴리는 상전 마마 노릇을 톡톡히 하고 있었다. 밥때가 되었는지 사료를 내놓으라고 "야옹, 야옹!" 하며 성화를 내더니, 밥을 다 먹고는 양지바른 곳에 앉아 햇볕을 쬐며 열심히 몸단장을 시작한

다. 그런 릴리를 아르바이트생은 마냥 흐뭇하게 바라볼 뿐이었다. 못마땅해하던 아저씨도 만사태평한 릴리를 보며 손발을 들었다는 듯 피식 웃음을 지어 보였다. 아무래도 릴리의 상전 마마 노릇은 쉽게 끝나지 않을 것 같다. 이렇게 귀여워해주는 두 남자와 같이 사는 한 말이다.

낯선 곳에서 만난
조그마한 친구.
네가 있어서 다행이야.

LILY FROM BEDFORD-STUYVESANT

이름 : 나비
주거 지역 : 부쉬웍의 델리
나이 : 두세 살로 추정
좋아하는 것 : 음료 상자 위에 앉아 있기

Nabi
from Bushwick

특별해지려고 애쓰지 마.
평범한 건 위대한 거야

"이름은 나비. 세 살쯤 됐을 걸?"

많이 들어봤던 익숙한 고양이 이름, 그리고 조금은 친근하게 들리는 영어 억양. 단번에 주인아저씨가 한국 출신이라는 걸 알아챘다. 한국분이냐고 물어보자 익숙한 우리나라 말로 답이 돌아왔다. 이런 외곽에서 한국 아저씨, 거기다 '나비'라는 친숙한 이름을 가진 고양이를 만나다니! 오랜만에 듣는 구수한 한국말이 어찌나 반갑던지.

멋진 줄무늬와 영롱한 초록색 눈동자에서 카리스마가 느껴졌지만, 나비의 성격은 외모와는 정반대였다. 애교가 많은 데다가 사람을 좋아하는지 연신 쓰다듬어달라고 적극적으로 나에게 다가왔다. 가게 문을 들어서면 가장 정면에 보이는 음료 상자 위가 지정석이라는데, 워낙 주목을 받는 걸 좋아해 일부러 사람들이 가장 잘 볼 수 있는 곳에 앉아 있는 것 같단다. 얼마나 애교가 많은지 모른다면서 나에게 잘 보라는 듯 아저씨는 간식 통을 흔들어 보였다. 나비는 그 소리를 듣자마자 쪼르륵 달려가 아저씨 다리에 제 몸을 비비기 시작했다. 간식을 줄 기색이 보이지 않자 벌러덩 누워 배를 보이며 뒹굴기까지. 이런 고양이를 누가 뿌리칠 수 있겠는가. 쓰다듬어달라면 쓰다듬어주고, 간식을 달라면 곧바로 주는 수밖에. 애교와 귀여움이 넘쳐 흐르는 고양이였다. 그렇지만 가끔 아무 이유 없이 으르렁거리며 할퀴기도 하니 조심하란다. 아무리 순해 보여도 역시 고양이는 고양이구나 싶었다.

아저씨는 지하철 선로 근처에서 자꾸 출몰하는 쥐를 쫓아내려고 고양이를 키우기 시작했다. '고양이 구함'이란 광고문을 델리 앞에 붙여놨더니 얼마 지나지 않아 손님 한 명이 새끼 고양이를 선물해줬다. 그렇게 나비와의 동거가 시작되었다. 쥐 사냥을 잘하냐는 질문에 예상했던 답이 돌아왔다.

"쥐 사냥이 뭐야, 벌레만 봐도 화들짝 놀라며 줄행랑을 친다니깐."

주인아저씨는 한심하다는 듯 말했지만, 얼굴만 봐도 알 수 있었다.

NABI FROM BUSHWICK

나비야,
한국이 그리워지면 너를 찾아올게.

비록 제 몫은 못 해도 그 존재 자체만으로 얼마나 나비를 예뻐
하고 있는지.

불현듯 어렸을 때 집 근처에 살던 고양이도 나비란 이름으로
불렸던 게 떠올랐다. 왜 나비란 이름을 골랐냐고 하자 주인아저
씨가 무심한 듯 말했다.

"고양이는 다 똑같이 나비 아닌가?"

그러고 보면 옛날 집 근처 고양이도 아파트 경비원 아저씨가
대충 나비로 지어줬던 것 같다. 강아지로 치면 '누렁이' 같은 이
름인가 보다. 그 평범하고 친근한 이름을 뉴욕에서 만나다니.
'나비'라는 반가운 이름, 그리고 오랜만에 듣는 한국말. 한국에
돌아온 듯 그리우면서 아련한 기분이 들었다. 꼭 추억여행을 한
것처럼 말이다.

이름 : 메쉬메쉬
주거 지역 : 클린턴 힐의 델리
나이 : 다섯 살
좋아하는 것 : 신문 가판대

Mesh Mesh
from Clinton Hill

고양이가 기도할게.
오늘은 평화롭기를

"아랍어로 살구란 뜻이야."

이집트와 레바논에서 왔다는 두 명의 주인아저씨가 자신들의 고양이, 메쉬메쉬를 소개해줬다. 이 독특한 이름은 아랍어 문화권에서 고양이에게 흔하게 붙이는 이름이라고 한다. 그러고 보니 집 근처, 모로코 출신 청년이 운영하는 델리의 고양이도 비슷한 이름이었다. 우리나라로 치면 '나비'와 같은 이름일까?

아저씨들과 이야기를 주고받는 내내 메쉬메쉬는 아이스크림 냉장고 위에 앉아 오후 햇살을 즐기고 있었다. 양지바른 그곳이 자기의 지정석인지, 아예 신문지를 깔고 앉아 있었다.

"워낙 신문지를 좋아해서 말이야."

주인아저씨는 메쉬메쉬가 좋아하는 지정석이 사실 따로 있다고 알려주었다. 바로 문 앞에 놓인 신문 가판대. 그곳에 앉아 통유리 문밖으로 지나다니는 사람들을 구경하는 걸 가장 좋아한단다. 불행히도 점점 살이 불어나버려 한번 앉을 때마다 신문지가 구겨지는 바람에 이제 가판대는 금지석이 되어버렸다. 대신 차선책으로 아이스크림 냉장고 위에 신문을 깔아주었더니 다행히도 마음에 든 모양이란다. 아저씨도 계산대 바로 앞에 놓인 냉장고에 메쉬메쉬가 앉아 있으니 더 자주 얼굴을 볼 수 있다며 좋아했다.

메쉬메쉬는 갓난아기였을 때 이곳 델리로 입양됐다. 남자 둘이서 매일 가게에서 시간을 보내는 게 적적했는지, 둘 중 누군가 고양이를 키워보자고 말을 꺼낸 게 계기였다. 한 명은 계산대를 책임지고 다른 한 명은 반대편에서 샌드위치를 만드는데, 온종일 서로의 얼굴을 마주보는 게 고역이었다고 두 아저씨는 농담을 주고받았다. 메쉬메쉬가 온 이후로는 고양이를 돌보느라 바빠 오히려 둘 사이가 좋아졌다며 익살스럽게 웃는다. 그런 두 아저씨의 시답지 않은 말장난에 이미 익숙하다는 듯, 메쉬메쉬는 시종일관 지정석을 지키며 뚱한 얼굴로 앉아 있었다. '내 덕에 집사 둘 사이가 좋아졌다니깐'이라면서 나름 우쭐한 표정을 짓는 것 같기도 했다.

두 아저씨를 보고 있으니 왠지 모를 동질감이 느껴졌다. 사실 남편

뉴욕의 평화 유지군,
메쉬메쉬를 소개합니다.

MESH MESH FROM CLINTON HILL

과 나도 그랬다. 고양이를 돌보면서부터 부쩍 사이가 좋아졌다. 집에 같이 있을 땐 고양이 뒤치다꺼리를 하느라 바쁘고, 마주 앉아 이야기를 나눌 때도 서로 질세라 고양이가 얼마나 예쁜지 찬사를 퍼부으니 말다툼을 할 틈이 없었다. 서로 떨어져 있을 때도 고양이 사진을 보내거나 고양이가 뭘 했는지 보고하는 게 대부분이니…. 부부가 아니라 마치 집사 두 명이 같이 사는 꼴 이 된 것이다. 아이가 생기면 부부애보다 부모로서의 동지애가 더 꽃핀다더니, 그 말을 절실히 실감할 수 있었다. 비록 우리의 경우엔 아이가 아닌 고양이지만 말이다. 이곳 델리의 두 아저씨 도 우리와 다를 게 없어 보였다. 메쉬메쉬를 키우고 나서부터 서로 웃는 일이 많아졌다고 하는 걸 보면 말이다.

넉살 좋은 두 아저씨의 사랑을 듬뿍 받고 있던 메쉬메쉬. 아 저씨들 사이에서, 싸움 중재(?)를 하느라 나름 고단하겠지만 그 만큼 사랑을 두 배로 받으니 나름대로 보람이 클 것 같다. 넘치 는 사랑만큼 자꾸 불어나는 살 때문에 가장 좋아하는 신문 가 판대에는 못 올라가겠지만 지금처럼 두 아저씨 사이에서 오래 오래 사랑을 듬뿍 받으며 행복하게 지내기를 바라본다.

이름 : 타이거
주거 지역 : 베드포드 스타이베선트의 델리
나이 : 추정 불가
좋아하는 것 : 천장 위로 숨기

Tiger
from Bedford-Stuyvesant

소심하고 내성적인 게
뭐 어때서?

'오페라의 유령.'

　새하얀 가면으로 고통스러운 얼굴을 가리고 음침한 극장 지하에서 숨어 사는 비극의 인물. 타이거를 보자마자 문득 최근에 봤던 뮤지컬의 주인공이 떠올랐다. 자로 잰 듯, 얼굴을 정확하게 반으로 나눈 검은색과 노란색의 무늬가 꼭 오페라의 유령의 가면과 쏙 닮았다. 유령처럼 어딘가 고독한 분위기를 풍기는 건 나의 괜한 착각일까? 첫 만남부터 나는 타이거의 묘한 매력에 빠져들어 몇 번이고 이 가게를 찾게 되었다. 꼭 유령에 홀린 듯이.

　내 바람과는 달리 타이거는 좀처럼 내 앞에 나타나주지 않았다. 내

구석진 곳을 좋아하는
신비로운 타이거.
그게 너의 매력이야!

TIGER FROM BEDFORD-STUYVESANT

가 갈 때마다 꼭꼭 숨어버리는 탓에 번번이 허탕을 치기 일쑤였다. 세 번째 방문에 비로소 창고의 천장 구석에서 나를 빤히 쳐다보고 있는 타이거를 발견할 수 있었다.

"원래 구석진 곳을 좋아해. 그래도 먹이를 주면 금방 올 텐데, 오 늘은 좀처럼 내려오질 않네."

몇 번이고 고양이를 보러 온 나에게 미안하다는 듯 가게 청년은 멋 쩍은 표정을 지어 보였다. 빗자루로 천장을 콕콕 찔러보지만, 타이거 는 좀처럼 내려올 생각을 하지 않았다. 천장의 구멍 사이로 들어오는 빛에 청초한 초록빛 눈동자만 반짝반짝 빛날 뿐. 그 와중에도 얼핏 보 이는 검은색 반, 노란색 반의 얼굴이 신비스러웠다. 정말이지, 노래를 부르고 있는 크리스틴을 어둠 속에서 몰래 지켜보는 오페라의 유령과 쏙 닮았다.

타이거가 좋아한다는 간식을 잔뜩 사 들고 간 날, 드디어 타이거를 정면에서 볼 수 있었다. 얼굴에 드리운 검은색과 노란색의 강렬한 대 비가 신비롭기만 했다. 뚫어져라 쳐다보는 내 시선이 불편했는지 타이 거는 이내 선반 아래로 숨어버렸다. 간식으로 유인해도 좀처럼 나오질 않았다. 어두운 곳을 좋아하는 것마저 오페라의 유령과 닮았다. 혼자 상상의 나래를 펴는 내 마음을 고스란히 읽고 있는 듯, 오페라의 유령, 아니 타이거는 신비스러운 초록색 눈빛으로 나를 묘하게 바라보고 있었다. 아무리 봐도 뮤지컬의 주인공이 고양이로 환생한 게 틀림없다. 괜히 건드렸다간 악령이 쓰일 것 같은 기분이 들었다. 내가 크리스틴처럼 멋진 목소리와 외모를 가지고 있었더라면 내 앞으로 나와주었을까? 안타깝게도 내가 가진 것은 달랑 간식 하나뿐. 이런 것 따위에 감히 오페라의 유령이 나와줄 리 없지. 그래도 밑져야 본전. 다음엔 목소리를 가다듬고 크리스틴처럼 노래를 부르며 유혹해봐야지.

TIGER FROM BEDFORD-STUYVESANT

이름 : 주주
주거 지역 : 포트 그린의 델리
나이 : 3개월
좋아하는 것 : 배 쓰다듬기

Juju ☆
from Fort Greene

오늘은 너의
새로운 이름을 지어봐

오랜만에 귀여운 새끼 고양이를 만났다. 보송보송한 털과 연약한 몸집. 아직도 우유 냄새가 날 것 같은 갓 3개월 된 고양이였다. 멀찍이서 자신을 주시하고 있는 나를 보고 흠칫 놀라더니 후다닥 숨어서 힐끗힐끗 쳐다본다. 내가 그리 신기하게 생겼나? 동그란 눈을 한껏 크게 뜨고 멀뚱멀뚱 나에게 시선을 고정한다. 조그만 얼굴과 쫑긋한 귀, 그리고 호기심 가득한 눈이 천진난만함 그 자체였다.

"어미 고양이는 새끼들을 낳고는 떠나버렸어. 이게 벌써 두 번째라니까."

주인아저씨가 한숨을 내쉬며 말했다. 우연히 가게에서 돌보기 시작한 어미 고양이는 날이 따뜻해지는 번식기만 되면 가출을 했다. 그러

혹시 너를 남겨두고
떠나버린 엄마를
기다리고 있는 건 아니니?

다 소식이 궁금해질 때쯤이면 배가 불룩한 채로 돌아와 새끼를 낳았다. 그렇게 어미 고양이의 새끼를 돌보는 게 벌써 두 번째. 처음에 낳은 새끼들은 주변 사람들에게 입양시키고 이번엔 주인아저씨가 집에 데려다가 키우기로 했다. 도저히 집에서 다 키우긴 무리여서 한 마리는 가게에 남겨둔 것이다. 바로 방금 만난 새끼 고양이다.

"이 아이는 유난히 사람을 좋아하더군. 그래서 가게에 남겨졌지."

아저씨 말대로였다. 경계심을 풀었는지 새끼 고양이는 배를 벌러덩 내밀며 쓰다듬어달라는 무언의 명령을 내렸다. 이런 초롱초롱한 눈을 내가 감히 거절할 수가 있을까. 반사적으로 손을 내밀어 열심히 배를 쓰다듬었다. 기분 좋게 골골거리며 손길을 즐기다가도 손님이 옆을 지나가면 화들짝 놀란 듯 껑충 뛰어올랐다. 호기심은 많지만, 아직 겁도 많은 새끼 고양이였다. 그러고 보니 이름이 궁금해졌다.

"이름이 없어. 이름을 지어준다는 걸 깜빡했지 뭐야."

무안한 듯 아저씨는 머리를 긁적였다. 그러더니 나보고 하나 지어달라고 부탁했다. 어미 고양이 이름이 미미라니깐, 그럼 쥬쥬? 어렸을 때

가지고 놀았던 미미와 쥬쥬 인형이 생각났다. 미미보다 쥬쥬를 더 편
애했던 나는 '쥬쥬'란 이름에 대한 애정이 각별했다. 커서 외국에 나가
면 영어 이름을 '쥬쥬'로 짓겠다고 마음을 먹기도 했다. 물론, 그 이름
을 쓰려면 굉장한 용기가 필요하다는 걸 금방 깨달았다. 비록 내 이름
이 되지는 못했지만 이런 예쁜 고양이라면 그 이름이 아깝지 않을 것
같았다. 그렇게 내 마음속에 간직했던 이름을 내주었다.

"쥬쥬는 어때요? 제가 정말 좋아하던 이름이에요."

주인아저씨는 부르기 쉽다며 흔쾌히 받아들였다. 그리고 바로 고양
이에게 손짓하며 크게 외쳤다.

"쥬쥬! 네 이름은 이제 쥬쥬야!"

아직 자기를 부르는지는 모르지만, 아저씨의 부름에 귀를 쫑긋하는
걸 보니 싫지만은 않은 모양이다. 내가 아끼던 이름, 네가 예쁘게 써주
길. 그럼 부탁할게!

너라면 쥬쥬라는 이름이 아깝지 않아.
오늘은 나도 나에게 이름을 지어줄까?

JUJU FROM FORT GREENE

이름 : 로사
주거 지역 : 덤보의 델리
나이 : 네 살
좋아하는 것 : 감자칩 봉지

Rosa
from Dumbo

너의 단점을
더 예뻐해줄게

내가 얼마나 고양이 타령을 한 것인지, 친구들은 지인이나 지인의 지
인에게까지 물어 고양이가 있는 가게 정보를 알려주곤 했다. 덤보의
델리를 발견한 것도 한 친구가 열심히 정보를 캐낸 덕이었다. 잔뜩 기
대를 안고 가게를 쭉 둘러봤지만, 아쉽게도 고양이는 보이지 않았다.
조심스레 주인아저씨에게 고양이가 있냐고 물어봤다.

"물론이지. 이름이 로사인데 얼마나 예쁜지 몰라."

주인아저씨는 활짝 웃으며 로사를 불렀다. 낮잠 시간이라 아무래도
창고에서 자는 것 같다며 아저씨는 미안해했다. 그러더니 뜬금없이 로

사가 얼마나 예쁜 고양이인지 모른다면서 연신 "예쁘고*Pretty!*", "사랑스럽고*Adorable!*", "귀엽고*Cute!*", "앙증맞지*Sweet!*" 식의 온갖 찬사를 쏟아내기 시작했다. 그것도 로사라는 이름이 아닌 "우리 아기*My baby*"라고 부르면서. 얼마나 예쁜 고양이기에 아저씨가 이렇게 자랑스러워하는 것인지 내심 궁금해졌다. 로사라는 이름처럼 어여쁜 소녀 고양이일까? 혼자 온갖 상상의 나래를 펼치며 기대 반 설렘 반으로 로사가 나오길 기다렸다.

그런데 이게 웬걸, 한참이 지나서야 등장한 로사는 내 상상을 무참히 깨뜨렸다. 뾰로통한 얼굴로 토실토실한 엉덩이를 씰룩쌜룩하며 내 앞을 유유히 지나가는 고양이. 아직 잠이 덜 깼는지 입을 쫙 벌리며 늘어지게 하품을 하는 모습까지. 어여쁜 소녀는 온데간데없고 능청스러운 아줌마가 내 눈앞에 있었다. 설마 아저씨가 예뻐 죽겠다고 그토록 자랑하던 로사가 이 아이란 말이야? 상상과는 너무 다른 현실에 머리가 멍해졌다. 그런 나를 흘낏 쳐다보더니 로사는 감자칩이 놓인 선반으로 향했다. 그러고는 감자칩 봉지 사이에 머리를 쿡 쑤셔넣고 한참 그 안에서 놀기 시작했다. 얼굴을 두리번거릴 때마다 통통한 엉덩이도 씰룩쌜룩 움직였다. 역시 어여쁜 소녀와는 거리가 멀었다.

뾰로통한 얼굴,
토실토실한 엉덩이.
고양이는 살이 쪄도 귀여워.

ROSA FROM DUMBO

"부스럭거리는 소리가 좋은가 봐. 우리 아기가 제일 좋아하는 장소야."

자꾸 "우리 아기"라고 부르는 아저씨 때문에 피식 웃음이 나왔다. 프랑스에 있는 시댁에 갈 때도 비슷한 경험을 하곤 한다. 180센티미터를 훌쩍 넘긴 남편이지만 시부모님은 아직도 남편을 "몽베베*Mon bébé*", 우리나라로 치면 우리 아기라 부르신다. 시할머니댁에 갈 때면 그 정도가 심해진다. 엉덩이를 톡톡 치며 꼭 아기를 다루듯 남편을 어루만지시는 시할머니와 그런 시할머니에게 꼼짝달싹 못하고 안겨 있는 남편의 모습에 피식 웃음이 터져 나오곤 한다. 부모의 마음은 동서고금을 막론하고 다 똑같나 보다. 사람이든 동물이든. 뉴욕이든 서울이든 프랑스든. 사람 사는 건 다 똑같다며 다시금 고개를 끄덕였다.

이름 : 노아와 수미
주거 지역 : 포트 그린의 델리
나이 : 각각 한 살
좋아하는 것 : 바닥에 떨어진 음식 찾기

Noah & Sumi

from Fort Greene

잊지 마, 너의 존재만으로도
행복이라는 걸

"둘은 남매인데, 노아와 수미라고 해."

노아와 수미? 주인아저씨의 말에 귀를 의심했다.

'너무 한국사람 이름 같잖아!'

김노아, 김수미. '김'이라는 성만 붙이면 토종 한국 이름이 될 뻔했다. 아무리 봐도 주인아저씨가 한국계는 아니었다. 그렇다고 성악가 '조수미' 씨를 아는 것 같지도 않았다. 이름의 배경을 물어보니 "그냥 예뻐서"라는 답이 돌아왔다. 이유가 무엇이든 괜히 반가운 마음에 "노아야~ 수미야~"라고 친근하게 불러봤다. 옆에서 그걸 듣던 주인아저씨는 이름 뒤에 붙이는 "~야"가 무슨 뜻이냐며 호기심 가득한 얼굴로 물었다. 한국에서 친한 친구의 이름을 부를 때 붙이는 말이라고 설명

하자, 아저씨는 흐뭇한 표정을 지어 보였다.

"우리 아기들, 한국인 친구가 생겨서 좋겠네."

아기들…? 아무리 봐도 덩치가 산만 한 고양이들인데? 알고 보니 이제 갓 한 살이 된 청소년(?) 고양이였다. 아무리 그래도 아기라니. "아기치곤 덩치가 너무 큰 거 아니에요?"라고 농담 삼아 물으니 아저씨가 단호하게 고개를 저었다.

"나에겐 언제나 아기야. 태어난 지 일주일도 안 됐을 때부터 키웠거든."

아저씨는 퇴근길 집 근처 골목에서 어미 없이 벌벌 떨고 있는 새끼 고양이 두 마리를 발견했다. 혹시나 추위에 얼어 죽을까 봐 곧바로 집으로 데려왔다. 한겨울의 거센 바람이 불던 날, 노아와 수미는 그렇게 주인아저씨의 가족이 되었다. 아저씨는 새끼고양이들을 극진히 돌보았다. 아직 손이 많이 가는 갓난아기라 3시간마다 분유를 먹이는 수고도 마다하지 않았다. 집을 비울 때면 가게로 데려와 돌보곤 했다. 그렇게 두 고양이와 출퇴근하기를 3개월, 고양이들이 어느 정도 자립을 하자 아예 보금자리를 가게로 옮겼다. 그렇게 아저씨의 극진한 사랑 속에서 노아와 수미는 쑥쑥 건강하게 멋진 청년으로 자라났다.

"아저씨를 만나서 노아와 수미는 정말 행복하겠어요."

아저씨는 활짝 웃으며 고개를 저었다.

"내가 이 아이들을 만나서 정말 행복하지."

마음 한구석이 살며시 따뜻해졌다. 아저씨의 그 한마디에 진심 어린 행복이 듬뿍 담겨 있었기 때문이다. 이 작은 생명체들이 우리에게 주는 행복. 나도 잠시나마 새끼 고양이들을 임시 보호하면서 그 행복을 느꼈다. 하루에도 몇 번씩 수유와 뒤치다꺼리를 하느라 힘들지 않냐고 사람들이 위로할 때, 나도 아저씨처럼 활짝 웃으며 답했다. 그 아이들이 주는 행복에 비교하면 아무것도 아니라고. 한 치의 거짓도 없는 순수한 마음이었다. 진심이 담긴 아저씨의 말에 수긍하며 고개를 끄덕였다.

"저도 알아요. 그 마음."

고양이로 이어진 '묘'한 공감대였다. 얼룩 하나 없이 해맑게 웃는 아저씨의 얼굴을 보며 고양이의 위력을 새삼 확인했다. 더 많은 사람이 저렇게 웃을 수 있다면, 이 행복을 느낄 수 있다면. 생각만 해도 기분이

SUMI FROM FORT GREENE

NOAH & SUMI FROM FORT GREENE

좋다. 더 많은 길고양이가 사람들과 공존하며 행복 바이러스를
멀리멀리 퍼뜨릴 수 있기를. 고양이 '덕후'는 그 이상 바랄 게
없다.

고양이가
나에게 주는 행복에 비교하면
나의 수고로움은 아무것도 아니야.

이름 : 마스
주거 지역 : 캐롤가든의 델리
나이 : 여섯 살
좋아하는 것 : 과자 선반

Mars
from Carroll Garden

스트레스가 쌓이면
비밀장소에 숨어봐

"마스를 보러 온 거야?"

캐롤가든의 델리 안에서 카메라를 들고 서성거리는 나를 발견한 주인아저씨가 대뜸 물었다. 고양이가 있다는 소문을 듣고 왔다고 하자 그럴 줄 알았다며 마스를 불러줬다. 길고양이로 지내다 아기 때 이 가게로 입양됐다는 마스. 어찌나 붙임성이 좋은지 나를 보자마자 온몸으로 내 다리를 비벼댄다. 덕분에 바지가 순식간에 고양이 털로 뒤덮여버렸다.

"워낙 유명해져서 멀리서 보러 오는 손님들이 많거든. 카메라 세례가 좋은가 봐."

MARS FROM CARROLL

미국 전역에서 유명한
스타 고양이님께서 반겨주시니,
몸 둘 바를 모르겠네요.

　마스는 이 동네뿐 아니라 미국 전역에도 얼굴이 알려진 유명스타였다. 뉴욕의 한 일러스트레이터가 마스의 캐릭터를 그려 넣은 엽서나 핀 등을 제작해서 팔게 된 게 계기였다. 아저씨는 자랑스럽다는 듯 마스의 캐릭터가 그려진 엽서 한 장을 꺼내줬다. 그림 속 고양이를 실제로 보러 오는 사람들이 이따금 방문하는 덕분에 항상 엽서를 구비해두고 있다고 했다. 어쩐지, 나를 보고 단번에 마스를 찾아왔냐고 물으시더라니. 카메라를 들고 서성이는 사람은 나뿐만이 아니었나 보다.

　아무리 붙임성 좋은 성격이라지만 마스도 팬(?)들에게 둘러싸여 있으면 쉽게 피곤해지나 보다. 그럴 땐 자신의 비밀장소에 숨어서 열심히 그루밍을 하며 시간을 보낸단다. 비밀장소는 바로 치토스가 가득 쌓여 있는 선반 가장 밑 공간. 연신 퍼붓는 카메라 세례가 부담스러웠는지 마스는 이내 비밀장소로 슬며시 들어가버렸다. 그러고는 바스락거리는 봉지 소리를 배경음악 삼아 연신 몸단장을 시작했다.

　나도 일에 치이고 사람에 치여 스트레스가 쌓일 때면 나만의 비밀장소에서 혼자만의 시간을 갖는 습관이 있다. 나의 비밀장소는 다름 아닌 도서관. 사람들에게 둘러싸여 있지만 다른 사람에게 구애받지 않고 혼자 조용히 할 일을 할 수 있는 도서관의 독립된 공간이 참 좋다. 연필의 사각거리는 소리와 책장 넘기는 소리. 그리고 이따금 들려오는 구두의 또각거리는 소리. 도서관만의 차분한 소음을 배경음악 삼아 머릿

속을 가득 메우는 것들을 노트에 끄적여본다. 그러다 좋아하는 책을 뒤적이거나 달콤한 낮잠을 자거나. 그렇게 혼자 차분히 시간을 보내다 보면 꼭 뜨거운 물에 몸을 담갔다 나온 듯 머릿속이 한결 가벼워진다. 마스의 그루밍 시간도 자신만의 스트레스를 푸는 비결인 걸까?

혼자만의 시간을 즐기도록 더는 방해하지 않고 가게를 떠나려고 하니 갑자기 마스가 쪼르륵 쫓아 나와 다리에 제 몸을 비벼댔다. 전국적 스타라면 나 같은 팬 따위는 귀찮을 만도 한데, 이런 황송한 대접을 해주다니. 팬 서비스만큼은 100점 만점, 아니 200점짜리였다. 팬들의 발길이 끊이지 않는 이유를 잘 알 것 같다.

이름 : 마우이
주거 지역 : 캐롤가든의 델리
나이 : 한 살
좋아하는 것 : 손님 어깨 타기

기대고 싶을 땐
기대도 괜찮아

캐롤가든의 델리에 들어갔더니 꼬마 아이가 고양이 한 마리를 안고 있는 모습이 먼저 눈에 들어왔다. 고양이는 아이 품에 쏙 안겨 어깨 위에 고개를 걸친 채 꾸벅꾸벅 졸고 있었다. 아이가 키우는 고양이가 아닐 거라고 의심조차 하지 않았다. 잠깐 간식이나 사러 함께 마실을 나온 거라고 생각했다. 강아지도 아닌 고양이가, 설마 낯선 사람에게 안겨 있을 거라곤 상상도 못 했기 때문이다. 그런데 아이는 계산이 끝나자 고양이를 바닥에 내려놓고 가게를 떠나버렸다. 어라? 고양이를 내버려두고 어디로 가버리는 거야? 혼자 어리둥절해 당황하는 나를 본 주인아저씨가 말했다.

"우리 가게 고양인데 저 아이가 잠깐 안아준 거야. 이름은 마우이."

MAUI FROM CARROLL GARDENS

세상에!
낯선 사람에게 안기는
고양이라니

네? 아이의 고양이가 아니었다고요? 가게에 사는 고양이였다니. 고양이가 낯선 사람에게 안겨 낮잠을 자고 있었단 말이야? 놀란 표정을 감추지 못하는데 마우이가 내 다리를 붙잡고 안아달라는 듯 울기 시작했다.

"안기는 걸 워낙 좋아해서 손님이 올 때마다 저렇게 붙잡고 운다니깐."

무조건 안기는 고양이라니, 본 적도 들은 적도 없다. 내가 무릎을 꿇고 안아주려는데 잠깐 안기는가 싶더니 곧장 몸을 타고 내 어깨로 올라간다. 그러더니 어깨 위에 자리를 잡고선 아주 당당한 표정으로 가게 안 사람들을 내려다본다. 나는 한 손으로는 카메라를, 다른 한 손으로는 마우이를 잡고 혹여나 놓칠세라 엉거주춤 서 있을 수밖에 없었다. 어색한 자세로 서서 당황해하는 나를 본 사람들은 웃음이 터졌다. 내가 간절한 눈빛으로 도와달라고 요청해도 다들 어쩔 수 없다는 듯 어깨만 으쓱했다. 새로운 손님이 들어오자 다행히 마우이는 내 어깨에서 벗어나 새 목표물을 향해 달아났다.

여태껏 수많은 고양이를 봐왔지만 마우이만큼 독특한 고양이는 처음이었다. 비비거나 핥는 경우는 많이 봤어도, 사람의 품에 안기고 그

것도 모자라 어깨에 올라타는 고양이라니. 새침한 고양이들에게 항상 굽실거리며 구애를 해왔던 나로서는 굉장한 충격이었다. 그리고 그 충격은 곧 감동으로 다가왔다. 감히 범접할 수 없을 것 같던 고양이가 나에게 안기다니. 나의 오랜 고양이 사랑을 드디어 알아주기라도 한 걸까? 혼자 상상의 나래를 펼치며 흐뭇해하고 있는 나에게 주인아저씨는 찬물을 끼얹었다.

"나도 마우이가 도대체 왜 저러는지 모르겠어. 분명한 건,
키가 큰 사람들을 좋아한다는 거야. 높이 서서 내려다보는
게 좋은가 봐."

감동은 이내 괘씸함으로 바뀌었다. 듣고 보니 마우이는 나에게 '안긴' 것이 아니라 높은 곳으로 가기 위해 나를 '이용한' 것이다. 그럼 그렇지, 콧대 높은 고양이가 무엇이 아쉬워서 나에게 무작정 안기겠는가. 조롱을 당한 듯했지만 내심 기분이 나쁘지만은 않았다. 어쨌든 고양이에게 간택을 당한 거니깐. 고양이 '덕후'는 그것만으로도 충분히 기쁠 뿐이다.

이름 : 덱스터
주거 지역 : 베이릿지의 만화가게
나이 : 아홉 살
좋아하는 것 : 계산대 위에서 그루밍하기

Dexter ☆
from Bay Ridge

내 인생의
주인공은 나

베이릿지에 인기스타가 있다면 주인공은 바로 이 고양이가 아닐까 싶다. 아니, 적어도 고양이 스스로 그렇게 받아들이고 있는 듯했다. 화려한 외모를 뽐내기라도 하듯, 사람들 앞에서 유유히 몸치장하는 고양이, 덱스터를 베이릿지의 한 만화가게에서 만났다.

가게에 들어서자마자 꼭 라이언 킹의 심바를 연상시키는 노란 장발의 고양이가 내 시선을 사로잡았다. 복슬복슬한 털과 날카로운 눈빛에서는 카리스마가 느껴졌다. 자신이 출중한 외모를 가지고 있다는 걸 덱스터도 잘 아나 보다. 사람들의 눈에 가장 잘 띄는 계산대 위에 앉아 자신을 뽐내고 있는 모양새를 보니 말이다. 여기서 오래 일했다는 아르바이트생이 어이가 없다는 듯 웃으며 말했다.

너도 네가
예쁜 걸 잘 아는 구나.

"여기 계산대 아니면 가게 한가운데 있는 책더미 위에서
대부분 시간을 보내. 사람들이 알아봐주는 게 좋은가 봐."

덱스터는 한 살쯤 됐을 때 이 가게로 입양됐다. 길거리를 헤
매고 있던 고양이를 손님이 주워 가게로 데려온 것이다. 마침
가게 안에 출몰하는 바퀴벌레와 쥐 때문에 속을 썩이고 있었는
데, 그것들을 퇴치해주지 않을까 싶어 키워보기로 했단다. 그런
기대에 부응하듯, 첫날부터 보기 좋게 쥐 한 마리를 잡아왔다.
그 후로는 바퀴벌레 한 마리도 찾아볼 수 없다며 아르바이트생
이 자랑스럽게 말했다. 외모만 출중한 줄 알았는데, 그에 걸맞
은 대담함과 사냥 능력까지! 자신을 봐달라며 뽐내는 자존감
높은 모습에는 그만한 이유가 있었나 보다.

만화가게는 주말 오후를 맞아 만화를 사러 온 아이들로 바글
바글했다. 그런 바쁜 사정을 아는지 모르는지 덱스터는 내내 계
산대 위에서 털을 가꾸는 데 여념이 없었다. 가끔 아이들이 알
아보고 이름을 불러보지만 들은 체 만 체하며 그루밍만 열심히
할 뿐이었다. 사람들의 관심을 끄는 건 좋아하면서도 반응은 하
지 않는 도도함. 꼭 콧대 높은 여배우를 보는 기분이랄까. 그래

도 아이들이 자신을 만지려고 하면 받아주며 나름의 팬서비스를 보여 주는 센스도 갖췄다. 물론, 시큰둥한 표정에서는 불편한 기색이 팍팍 느껴지지만 말이다. 멋진 외모와 도도한 태도 그리고 나름의 팬서비스. 스타가 될 조건을 두루두루 갖춘 덱스터. 누가 봐도 부인할 수 없는 이 구역의 인기스타임이 분명했다.

DEXTER FROM BAY RIDGE

이름 : 맥스
주거 지역 : 베이릿지의 델리
나이 : 한 살
좋아하는 것 : 페트병으로 물 마시기

Max
from Bay Ridge

마음이 얼지 않도록
늘 챙겨줘야 해

"네? 한 살이라고요?"

나도 모르게 소리쳤다. 육중한 몸집과 중후함을 풍기는 얼굴 덕분에 도저히 한 살로는 보이지 않았다. 아무리 봐도 적어도 여덟 살, 사람 나이로 치면 중년기에 접어든 고양이였다. 그런데 한 살을 갓 넘긴 어린이라니…. 어린 나이에 무슨 산전수전을 겪었기에!

"태어난 지 두 달 정도로 됐으려나? 누가 길거리에 버리려는 걸 목격하고 바로 가게로 데려왔어."

주인아저씨가 머리를 긁적이며 말했다. 처음 데려왔을 땐 얼마나 굶

주렸던 것인지, 사료를 주면 허겁지겁 먹느라 구토를 할 정도였
단다. 잠깐 돌봐줄 생각으로 데려왔는데 돌봐주는 동안 정이 들
어 결국 가게에서 같이 지내게 된 것이다. 역시나 그런 사연이
있었구나. 첫인상에서 전해지는 중년 아저씨의 기운은 아마 우
연이 아니었으리라. 8개월이 지난 지금, 맥스는 주인아저씨와
같이 지내는 생활에 완벽히 적응한 듯했다. 처음 왔을 땐 삐쩍
말라 있었다던 몸도 이젠 두 손으로 들기에도 벅찰 정도로 토
실토실해졌다.

　맥스도 자신을 받아준 아저씨에게 보답하려는지 애교 많고
잔재주도 잘 부리는 강아지 같은 고양이로 성장했다. 가게 안에
출몰하는 쥐를 냉큼 잡아오거나 가끔 새 사냥을 나가기도 한다
며 아저씨는 기특해했다. 물론, 사냥 후 전리품을 산 채로 가져
와 주인아저씨를 놀래키기도 하지만 말이다. 아저씨는 사람 말
도 곧잘 알아듣는다면서 보란 듯이 맥스에게 말을 건넸다.
　"물 마실까? 물 어딨어?"
　그러자 놀랍게도 맥스는 넓은 냉장고 선반 안에서 물이 있는
곳으로 가 앉았다. 아저씨가 물병을 꺼내자 마치 정말 물을 마

실 듯 얼굴을 들이댔다. 정말 사람 말을 알아듣는 걸까? 개를 훈련하는 모습은 많이 봤어도 이렇게 사람 말을 잘 따르는 고양이는 처음이었다. 신기한 눈으로 쳐다보자 아저씨는 "봤지?"라며 자랑스러운 표정을 지어 보였다. 얼떨결에 같이 살게 됐다더니 아저씨는 지난 8개월간 맥스에게 흠뻑 빠져든 듯했다. 길에 버려지던 찰나에 아저씨가 발견하게 된 건 아마 우연이 아니라 운명이 아니었을까?

고양이가 구조될 당시의 이야기를 들을 때면 언제나 마음이 아파온다. 버려지거나, 길에서 태어나거나. 변변한 먹을거리 하나 없이 초췌한 모습으로 살아가는 길고양이들. 내가 직접 해를 가한 건 아니지만 결국 고양이와 평화롭게 공존하며 사는 법을 배우는 데 실패한 인간의 탓이라는 생각에 일종의 죄책감이 든다. 그래서 길고양이를 거두어 보살펴주는 사람을 만나면 그렇게 고마울 수가 없다. 고양이가 행복하게 지내는 모습만으로도 행복을 느끼며 만족하는 주인. 애교와 잔재주를 부리며 주인에게 보답하는 고양이. 이보다 더 따뜻한 모습이 있을까. 맥스와 주인아저씨를 보며 다시금 마음이 따뜻해졌다.

MAX FROM BAY RIDGE

이름 : 니키
주거 지역 : 베이릿지의 오가닉 상점
나이 : 아홉 살
좋아하는 것 : 새 사냥

자기 자신한테
너무 많은 걸 바라지 마

'니키Nicky'

고양이 목에 달린 빨간 이름표가 눈에 들어왔다. 이름표가 달린 목끈이 조이진 않을까 걱정될 정도로 통통한 몸집. 걸을 때마다 엉덩이가 덩실덩실 춤을 추는 게 어찌나 귀엽던지. 살며시 다가가 쓰다듬자 바로 골골거리며 몸을 비비는 걸 보니 사람을 꽤 좋아하는 모양이다. 평퍼짐한 몸집만큼 넉살 좋은 고양이, 니키였다.

니키를 만난 건 유기농 상점이었다. 브루클린의 가장 아래쪽에 자리한 한적한 동네답게 넓은 뒷마당이 있는 가게였다. 그곳이 니키의 주요 활동 무대인 듯했다. 다른 델리의 고양이들은 대부분 좁은 가게 안이나 음침한 지하에서 하루를 보내기 마련인데, 그에 비하면 여긴 5성

호텔, 아니 천국 같은 환경이었다.

그런데 주인아저씨와 이야기를 나누면서 마냥 행복해 보이는 니키의 슬픈 과거를 알게 되었다. 몇 년 전, 크리스마스이브에 선물을 사러 쇼핑몰을 찾았던 주인아저씨는 주차장에서 정처 없이 떠돌고 있는 고양이를 발견했다. 차가 수시로 오가는 주차장이 위험해 보여 고양이를 어디로 옮길지 고민을 하고 있는데, 그 고양이가 무작정 차 안으로 들어왔다. 한겨울에 밖에서 얼마나 떨었는지 히터에 딱 붙어서 곤히 잠만 자는 고양이를 어쩌지 못해 아저씨는 그대로 가게로 데리고 왔단다. 그렇게 얼떨결에 니키는 이 가게의 일원이 되었다.

이사를 하기 전, 니키는 틈만 나면 가게 앞 도로에 주차된 차 밑으로 들어가곤 했단다. 혹시라도 사고가 날까 봐 주인아저씨는 항상 마음을 졸였다. 온갖 방법을 동원해 가게 안으로 유인을 해도 니키는 항상 차 밑으로 숨어버리기 일쑤였다. 오랫동안 주차장 생활을 하면서 아마도 차 밑을 가장 마음 편한 곳으로 여기게 된 것은 아니었을지. 다행히도 몇 년 전 가게를 옮긴 후부터는 차도에 나가는 일은 없단다. 마음껏 뛰놀 수 있는 뒷마당이 생겼기 때문이다. 자꾸 가게 밖으로 나가는 니키를 위해 일부러 널찍한 뒷마당이 있는 곳으로 가게 위치를 골랐다는 아저씨. 그 마음 씀씀이에 적잖게 감동했다.

대신 아저씨는 그만큼 단점도 있다고 고충을 털어놓았다. 바로 니키가 종종 건네주는 '선물' 때문이다. 뒷마당에서 한참을 놀다가 가끔 사냥한 새나 쥐를 가게 안으로 들고 온다는 니키는 항상 반쯤 살아 있는 '선물'을 가져다주어서 아저씨를 곤란하게 만들곤 한단다. 도대체 저 거대한 몸집으로 어떻게 새를 사냥해오는지 알 수 없다며 아저씨는 고개를 절레절레 흔들었다. 그래도 자연 속에서 즐겁게 노는 모습을 보면 그렇게 좋을 수가 없단다. 자연과 더불어 살아가는 고양이. 유기농 상점과 찰떡같이 어울리는 일상이 아닐까?

길고 험난했던 주차장 생활 끝에 마음씨 좋은 주인과 함께 넓은 마당에서 행복하게 살고 있는 니키. 그 모습을 보고 있자니 내 마음에도 고스란히 행복이 전해져왔다. 아직도 고된 길거리 생활을 하는 고양이들이 니키처럼 좋은 주인을 만날 수 있기를. 오늘도 마음속 깊이 바라본다.

상처가 아무는 데에는
시간이 필요해.
너무 <u>스스로</u>를 재촉하지마.
이제 편하게 지내렴.

FROM BAY RIDGE

★
뉴욕을
좋아하세요?

'당신이 뉴요커가 됐다는 증거'라는 흥미로운 기사를 어디선가 본 적
이 있다. 기억나는 것들을 추려보자면 다음과 같다.

1. 아침 식사로 베이글을 먹는다.
2. 타지에서 누가 놀러 온 게 아니라면, 더 이상 타임스퀘어에는
   가지 않는다.
3. '세계적 수준'이란 찬사에 더 이상 감동하지 않는다.
4. 사이렌 소리가 들려도 더 이상 동요하지 않는다.
5. 출출할 때, 언제나 발이 향하는 단골 피자집이 있다.
6. 일주일 치 빨래를 쌓아두어도 더 이상 아무렇지 않다.

심심풀이용으로 가볍게 읽으라고 내놓은 글일 테지만 나는 사뭇 진지
했다. 뉴욕에 온 지 이제 고작 일 년 남짓. 나를 뉴요커라고 부르기에는
어림도 없는 시간이지만 그래도 혹여나 뉴요커가 됐다는 조건에 부합
하진 않을까 내심 기대를 했기 때문이다. 결과는 아쉽게도 'NO'가 대
다수. 아직은 익숙한 것보다 낯선 것이 더 많다.

그렇다고 해당 사항이 전혀 없는 것은 아니다. 집 안에 세탁기가 없는 탓에 빨랫감을 쌓아두었다가 몰아서 해치우는 습관이 생겼다. 뉴욕에 사는 사람들, 특히 맨해튼의 낡고 좁은 아파트에 사는 사람들이라면 누구든 익숙할 일상일 것이다. 처음엔 이 무거운 빨랫감을 어떻게 지하 세탁실로 매번 옮기나 걱정했는데, 지금은 너무나 당연한 주말 아침의 일상이 되어버렸다. 도시 소음은 또 어떠한가. 하루에도 수시로 어디선가 들려오는 사이렌 소리에 큰 사고가 난 건 아닐까 당황하곤 했는데, 지금은 그 사이렌 소리를 자장가 삼아 잠을 청하는 수준이 되었다. 매번 지연되거나 선로를 바꿔버리는 지하철에도 이젠 조급함보다는 언젠간 도착하겠지라는 자포자기의 심정이 먼저 드는 지경에 이르렀다. 익숙해지긴 했지만 아무리 시간이 지나도 불편한 것투성인 곳. 여태껏 서울, 도쿄, 싱가포르와 같은 큼직한 메트로폴리탄에서 살면서 역시 대도시가 최고라며 대도시 예찬론을 펼치곤 했는데, 뉴욕은 그런 나의 믿음을 무참히 깨뜨렸다.

그래도 누가 나에게 뉴욕에 계속 살고 싶냐고 묻는다면 나는 한 치의 망설임도 없이 'YES'를 외칠 것이다. 얼핏 보면 모든 게 불편해 보이지만 이 도시에는 그 단점들을 감싸고도 남을 굉장한 매력이 있기 때문이다. 세계의 경제, 음식, 문화 중심지. 흔히 듣는 이 별명이 괜히 붙은 게 아니다. 이곳에 살면서 매일 몸소 체험하고 있다. 특히 문화면에서는 더더욱 피부로 느끼며 실감하고 있다. 세계적인 수준의 메트로폴리탄 오페라, 클래식 음악의 거장들이 모인다는 카네기 홀, 일 년 내내 펼쳐지는 브로드웨이의 뮤지컬과 연극, 셀 수 없을 만큼 많은 미술관과 갤러리들. 거기에 계절마다 열리는 다양한 이벤트와 축제까지. 뉴욕이라는 도시 자체를 즐기기에도 벅찬데, 매일 어디선가 끊임없이 공연과 이벤트가 열리고 있으니 마음이 자꾸 조급해진다. '어떤 걸 볼까?'가 아닌 '어떤 걸 포기해야 할까?'라는 질문이 더 적절한 곳. 무엇을 봐도 세계적인 수준을 제공하는 곳. 그래서 우리는 매번 수많은 선택지 안에서 행복한 고민에 빠지곤 한다. 그렇게 매일같이 수많은 공연을 쫓아다니다 보면 앞서 열거한 생활의 불편함도 금세 잊어버리기 마련이다. 아직도 '세계적 수준'이란 찬사에 매번 설레고 흥분하는 걸 보니 진정한 뉴요커가 되기는 글렀다. 그래도 어쩌랴. 언젠가 이곳을 떠날 날이 올 때까지 열심히 즐길 수밖에. 훗날 다른 도시에 살면서 마침내 집에서 세탁할 수 있게 되었을 때, 분명 이런 생각이 들 것 같다.

'집에서 세탁을 못 해도 좋으니
매일 멋진 공연을 보러 다니고 싶어.'

고양이가 알려준
행복의 메시지

며칠 전, 뉴요커들의 마음을 뒤흔든 뉴스가 하나 있었다. 바로 뉴욕의 델리에 살던 보데가 캣 한 마리가 납치를 당한 것이었다. 주인공은 바로 '루나'라는 갓 두 달 된 새끼 고양이. 어떤 남자가 음료수를 사러 델리에 왔다가 고양이를 데리고 사라져버린 것이었다. 이 사건은 고양이가 없어진 것을 보고 놀란 델리 주인이 경찰에 신고하면서 뉴욕 전역에 널리 알려지게 되었다. 특히 그 고양이가 자폐증을 앓고 있는 10살 소년에게 엄마가 준 선물이었다는 것이 알려지자 더 많은 사람이 분노했다. 고양이를 잃은 소년의 슬픈 얼굴이 전파를 통해 알려졌고, 지역 경찰은 물론 시의원이 현상금까지 지원하며 고양이 도둑을 잡는 데 한마음을 모았다.

다행히 며칠 후, 범인이 스스로 자수를 하며 고양이를 가족의 품으로 돌려주었고 그렇게 사건은 일단락되었다. 그 소식을 듣자 모든 뉴요커들이 안도했다. 고양이를 되찾은 소년은 웃음을 되찾았고 그 모습

을 전하는 뉴스 진행자의 얼굴에도 내내 미소가 끊이지 않았다. 훈훈한 결말이었다.

　사건의 경과를 지켜보며 나는 내내 마음을 졸이면서도 이상하게 마음 한구석은 흐뭇하게 미소를 짓고 있었다. 흉악 범죄가 난무하는 뉴스 속에서 고양이 한 마리 때문에 벌어진 소동이 귀엽게 보였기 때문이다. 그보다도 고양이 납치 사실에 분노하고, 고양이를 되찾으려고 노력하는 사람들을 보면서 아직은 참 따뜻한 세상이라고 다시금 감동했다. 비록 '고양이 탐색 작전'은 막을 내렸지만 보데가 캣을 통해 얻은 또 하나의 행복한 순간이었다.

　이제는 예전만큼 보데가 캣을 자주 마주치지는 않지만 그렇다고 고양이와 연이 멀어진 것은 아니다. 구조된 고양이들이 쉬지 않고 연일 우리 집을 찾아오는 바람에 이제는 고양이를 구경하는 입장에서 직접 고양이를 떠받드는 집사로 역할이 바뀌었다. 거기에 친구들 사이에서 '능숙한 집사'로 소문이 나면서 친구들이 집을 비울 때면 캣시터*cat sitter*로 변신하기도 한다.

　짐작해보건대 고양이 탐색 작전으로 시작된 나와 고양이의 인연은 오래오래 이어질 것이다. 물론 나의 희망 사항이기도 하다. 고양이가 전해준 행복을 맛본 이상, 쉽사리 연을 끊지 못할 것 같다. 이마저도 고양이 님이 인간을 조련하고 집사로 키우기 위한 '빅픽처'는 아닐지, 스멀스멀 의구심이 들지만 어찌할 도리가 없다. 그냥 넙죽 엎드리고 열심히 고양이 님을 받들며 사는 수밖에.

가끔 길을 가다 고양이를 만난 델리가 보일 때면 들어가 보곤 한다. 역시나 비싼 몸값을 자랑하듯 좀처럼 얼굴을 보여주지 않지만 그래도 가끔 반가운 얼굴을 마주치기도 한다. 겁이 많던 어린이 고양이 샤키라는 덩치가 두 배나 커진 어른 고양이로 무럭무럭 자랐고, 사람의 손을 꺼리던 빈스는 누가 봐도 애교 가득한 일명 '개냥이'의 모습을 보여주면서 보는 사람을 흐뭇하게 했다. 슬픈 소식을 접하기도 했다. 나를 '사생팬'으로 만들었던 시드니는 누가 몰래 데려가 버렸고(그 거대한 몸집을 도대체 어떻게?), 카리스마를 뽐내던 라이오넬은 최근 무지개다리를 건너 별이 되어버렸다. 안타까운 소식에 마음이 아팠지만 어쩔 수 없다. 평생 우리 곁에 있어 주면 좋겠지만 사람도, 고양이도 언젠간 이별의 순간이 오기 마련. 그들이 여태껏 나눠준 행복과 좋은 추억을 간직하고 살 수밖에 없지 않을까.

이 글을 쓰는 지금도 델리에서 만난 고양이와 주인아저씨들이 생각이 난다. 그러면 나도 모르게 흐뭇한 미소가 지어진다. 고양이를 발견했을 때의 짜릿함, 고양이의 능청스러운 몸짓과 사랑스러운 얼굴, 그리고 그걸 보면서 행복해하는 아저씨들의 모습. 뉴욕의 각박한 생활 속에서 떠올리는 것만으로도 마음이 정화되는 순간들이다. 고양이 탐색 작전이 막을 내렸다고 마냥 서운해하지 않는 이유도 아마 그런 흐 뭇한 순간들이 좋은 추억으로 남았기 때문일 것이다.

뉴요커 고양이. 얼핏 보면 작고 사소할지 모르지만 나에게는 큰 행복의 원천이 되었다. 비록 글과 사진뿐이지만 내가 느꼈던 그 작은 행복의 순간들이 독자들에게도 잘 전해졌으면 좋겠다. 각기 다른 고양이들의 사연을 통해 울고 웃으며 잠시나마 마음이 정화될 수 있기를. 뉴욕의 고양이들이 퍼뜨리는 행복 바이러스가 한국에도 널리 널리 퍼질 수 있기를 바라본다. 고양이 '덕후'인 나는 더 이상 바랄 게 없다.

뉴요커 길냥이가 가르쳐준 느긋느긋 일상 낭만

고양이가 그랬어
행복은 빈 상자 속에 있다고

1판 1쇄 인쇄 2019년 3월 25일
1판 1쇄 발행 2019년 4월 10일

지은이 하루
펴낸이 고병욱

기획편집실장 김성수 **책임편집** 김소정 **기획편집** 양춘미 이새봄
마케팅 이일권 송만석 현나래 김재욱 김은지 이애주 오정민
디자인 공희 진미나 백은주 **외서기획** 엄정빈
제작 김기창 **관리** 주동은 조재언 **총무** 문준기 노재경 송민진 우근영

펴낸곳 청림출판(주)
등록 제1989-000026호

본사 06048 서울시 강남구 도산대로 38길 11 청림출판(주) (논현동 63)
제2사옥 10881 경기도 파주시 회동길 173 청림아트스페이스 (문발동 518-6)
전화 02-546-4341 **팩스** 02-546-8053
홈페이지 www.chungrim.com **이메일** life@chungrim.com
블로그 blog.naver.com/chungrimlife **페이스북** www.facebook.com/chungrimlife

교정·교열 김승규

ⓒ 하루, 2019

ISBN 979-11-88700-37-0 (03810)

※ 이 책은 저작권법에 따라 보호를 받는 저작물이므로 무단 전재와 무단 복제를 금합니다.
※ 책값은 뒤표지에 있습니다. 잘못된 책은 구입하신 서점에서 바꾸어 드립니다.
※ 청림Life는 청림출판(주)의 논픽션·실용도서 전문 브랜드입니다.
※ 이 도서의 국립중앙도서관 출판예정도서목록(CIP)은 서지정보유통지원시스템 홈페이지
(http://seoji.nl.go.kr)와 국가자료종합목록시스템(http://www.nl.go.kr/kolisnet)에
서 이용하실 수 있습니다. (CIP제어번호 : CIP2019009812)